ほんとうにあった！
ミステリースポット
②海から来る・赤いドレスの女

もくじ

ほんとうにあった! ミステリースポット
②海から来る・赤いドレスの女

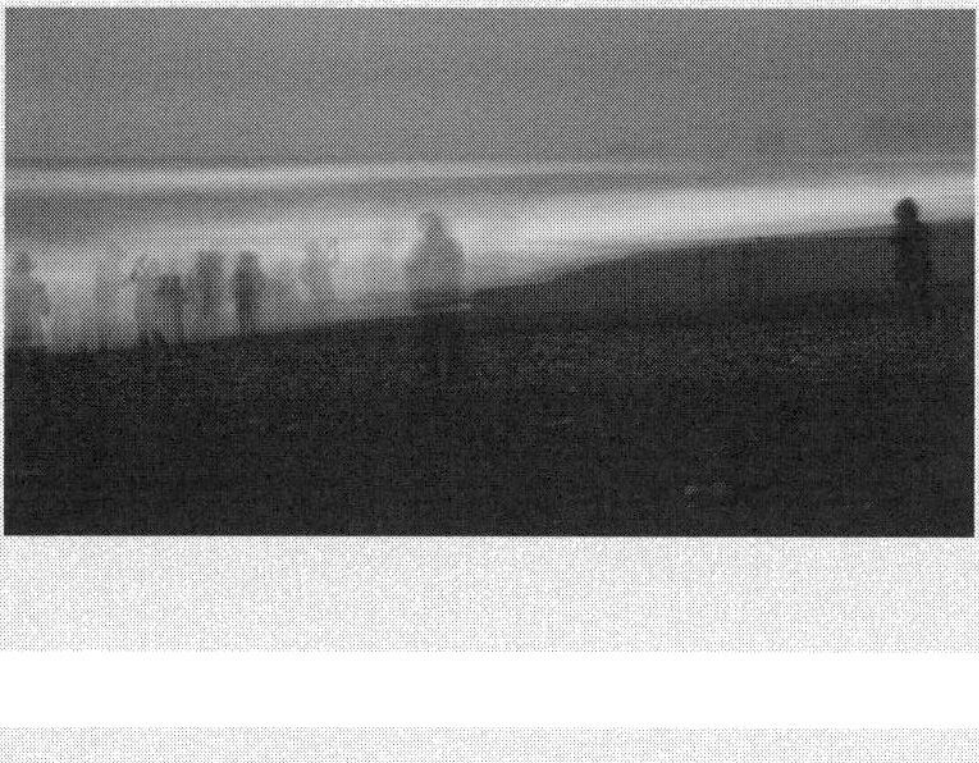

桜《さくら》

東京都谷中霊園《れいえん》●青山霊園《れいえん》●S県某霊園《ぼうれいえん》

満開の桜《さくら》が春の風景を明るく彩《いろど》っている。ときどき、強い風が吹《ふ》く。その度《たび》に、ちらちらとまるで踊《おど》っているように、花びらが地面に舞《ま》い降《お》りた。

町は、華《はな》やいだ服を着た親子連れで賑《にぎ》わっていた。「そうか、入学式があったんだ」

ミサキは四年前のある日の出来事を思い出した。

それはミサキが中学校に入学する日のことだった。

「ミサキの家はお母さん来ないの？」

入学式へ向かうミサキに、小学校がいっしょの友だちが声をかけた。友だちの隣《となり》にはその子の両親が揃《そろ》って歩いていた。

ミサキは少し先を歩く父親と二人で、入学式に向かっていた。

「うん。お母さんは弟の入学式に行ったんだ」

「そうか、ミサキは双子《ふたご》だったね」

「そう。弟は少し遠い学校へ入るから」

弟は学校も休みがちだったから、クラスメイトの記憶《きおく》にもあまり残っていないのだろう。

「千早くんだっけ。病弱だったみたいだけど、遠くの学校に入って、大丈夫《だいじょうぶ》なの？」

友だちのお母さんが心配そうに聞いた。

話しをしながら歩くうちに、先を歩く父と少し間があいてしまった。

ミサキは、早足で父の後を追った。

入学式には、本当は父だけでなく、大好きな祖母《そぼ》がいっしょに来るはずだったが、祖母《そぼ》は風邪《かぜ》から体調を崩《くず》して、今日も外出することはできなかった。


入学式は無事に終わった。

「ミサキ、申し訳《わけ》ないけれど、一人で家に帰れるかな？」

父が困《こま》ったような顔でミサキに言った。そういえば式が終わって、携帯《けいたい》電話の電源《でんげん》を入れた途端《とたん》に、父の顔色が変わった気がした。

「これからどうしても行かなくちゃいけない仕事が入った。家にはおばあちゃんもいるし」

祖母《そぼ》の具合も心配なのだろう。弟の学校は関西だ。お母さんが、大急ぎで戻《もど》って来ても家に着くのは夜遅《おそ》くなってしまう。

「大丈夫《だいじょうぶ》。わたし一人で帰れるよ」

そう答えると父はホッとしたようだ。

「なるべく早く帰るから」

父はそう言って出て行った。

胸《むね》がきゅっと苦しくなった。

帰り道の途中《とちゅう》で、夕食の買い物をした。食欲《しょくよく》のない祖母《そぼ》には果物を買った。

普段《ふだん》は歩いて帰るのだが、いつもより荷物が重く感じる。ミサキはバスに乗ることにした。「たった二区間だけど、バスに乗ろう。バスの窓《まど》から桜《さくら》も見える」

バスの中は、外よりも暖《あたた》かく、座《すわ》ったとたんに、ついウトウトしてしまったようだ。自分が思っているよりも疲《つか》れていたのかもしれない。気がついたら、市のはずれにある霊園《れいえん》に近い坂道まで来ていた。

「降《お》りなきゃ」ミサキは急いで降車《こうしゃ》ブザーを押《お》した。

坂を登りきった場所に大きな霊園《れいえん》がある。霊園《れいえん》前はロータリーになっていて、バス停がある。ミサキが降《お》りると、バスはロータリーをぐるりと回ってから走り去《さ》った。

「わあ。ずいぶん長く居眠《いねむ》りしちゃった」ミサキは市内へ戻《もど》るバスの時刻《じこく》表を見た。

夕べは夜更《よふ》かしして、しばらく会えなくなる千早と話し込《こ》んでしまった。

「入学式には誰《だれ》も来なくていい。一人で行く。大丈夫《だいじょうぶ》」

と千早は言っていた。父の話では、その学校には、一人で来る生徒もいるらしい。

しかし、結局千早の学校がとても遠いこと。途中《とちゅう》で何かトラブルがあったら困《こま》ることを理由に母から説得され、千早はしぶしぶ母といっしょに行くことになった。

「千早もさびしいだろうな」チリっと胸《むね》が痛《いた》くなる。「しっかりしている」とずっと言われて、頼《たよ》りにされてきたミサキ。「身体が弱いから」と、いろいろ我慢《がまん》することや、できないことが多かった千早。どちらも息苦しい気持ちは同じなのかもしれない。

「戻《もど》りのバスが来るまで三十分か・・・・」ミサキの肩《かた》にハラリと桜《さくら》の花びらが舞《ま》い落ちた。

霊園《れいえん》の中には満開の桜《さくら》が何本も並《なら》んで枝《えだ》を広げていた。

公園のようになっていて、昼間は誰《だれ》でも入れる。門は大きく開いていた。

「バスが来るまで時間があるから、あまり奥《おく》へ行かなければ、大丈夫《だいじょうぶ》かな・・・・」

ミサキは誘《さそ》われるように、門をくぐった。桜《さくら》の並木《なみき》が続いている。

少し行くと、石造《づく》りの建物と案内図があった。建物には管理人室もある。墓地《ぼち》には、お参《まい》りにきた人が迷《まよ》わないように、まるで住所表示《ひょうじ》のように「何区何番」と番地がついていた。案内図の中に、ピンク色で綿飴《わたあめ》みたいに「もやもや」と囲んである印があった。文字は薄《うす》くかすれていて読みにくい。ミサキは目をこらした。

「さくらのもり」墨色《すみいろ》で書いてある文字がうっすらと読めた。

「桜《さくら》の森」美しい言葉に、ミサキはとても心ひかれた。「行ってみよう」

さいわい桜《さくら》の森は、門から、そんなに遠い場所ではないようだ。念《ねん》のため、時計で時間を確認《かくにん》してから、ミサキは歩き出した。「ふふふ」思わず小さな笑いが浮《う》かんだ。桜《さくら》もいっしょに笑っていたのかもしれない。車が走れる霊園《れいえん》の大通りを横切って、墓石《ぼせき》の列が続く路地を少し歩くと、目の前に桜《さくら》の森があった。

大きな幹《みき》に満開の枝《えだ》を広げた桜《さくら》が何本も集まっている。花が雲のように見える。

「すごい」ミサキは息をのんで、森の手前で立ち尽《つ》くした。まっすぐに森に入らなかったのは、ミサキが思っていた以上に広い森だったからだ。霊園《れいえん》の広さには限《かぎ》りがある。周囲をぐるりと桜《さくら》の木で囲んでいるとしても、目の前の桜《さくら》の森はどこまで続いているのか、想像《そうぞう》がつかない広さに感じた。それに、桜《さくら》の木がとても大きい。古くからある霊園《れいえん》だけれど、大人が数人で両手を広げても、抱《かか》えきれないくらいの幹《みき》の太さだ。それに、こんなにきれいで広い「桜《さくら》の森」なら、もっとたくさんの人に知られているはずだ。いままで、この霊園《れいえん》にこんな森があるなんて、聞いたことがない。今日は天気もいいし、時間もまだ早い「花見」をする人間がいてもいいはずなのに、あたりにはミサキのほかには人の気配がない。

「ふふふ」

風が吹《ふ》くたび、小さな笑い声をたてて花びらが舞《ま》い散る。

ざあっと強い風が吹《ふ》く。目の前が、桜《さくら》の花吹雪《ふぶき》で覆《おお》われた。

「こちらにいらっしゃいな」

含《ふく》み笑いとともに、そんな声が聞こえた。とても柔《やわ》らかい声だった。もっと小さいころにどこかで聞いたような懐《なつ》かしい感じがした。

絵本を読んでくれたお母さんの声に似《に》ているとミサキは思った。

「ここにくれば、少しもさびしくないわ」

声が誘《さそ》う。

「もう少し近づいてみようか。森の奥《おく》深くに行かなければ、大丈夫《だいじょうぶ》かもしれない」ミサキの足は二、三歩森に近づいた。

がざっ。ミサキが持っていた買い物袋《ぶくろ》が音をたてた。中には祖母《そぼ》のために買ったイチゴのパックがある。ミサキの鼻《はな》にイチゴが香《かお》った。イチゴといっしょにヨーグルトも買っていた。

まだ気温が高くないとはいえ、早く家に帰らなくては、それに、「普通《ふつう》の桜《さくら》」は、話しかけたりはしない。ミサキは後ずさると、森に背《せ》を向けた。ざざざざ。風もないのに、一瞬《いっしゅん》で前が見えなくなるほどたくさんの花びらがミサキを襲《おそ》った。

「お・・・に・・・の・・・こ」

女の声。さっきまでの声とはまったく違《ちが》う。ねっとりした声が絡《から》みついた。頭の中に真っ赤な唇《くちびる》のイメージが浮《う》かんだ。般若《はんにゃ》の面が笑っているような姿《すがた》が、花吹雪《ふぶき》の中にうっすらと見える。

※般若《はんにゃ》
日本の伝統芸能《でんとうげいのう》「能楽《のうがく》」などで使われるお面（おもてと言います）。角があり、眉《まゆ》をひそめた金色の目、開いた口に牙《きば》がある鬼女《きじょ》の面。

「こちらへおいで、お前ならわかるだろう」

くすくす。くすくす。小さい笑い声が、周《まわ》りの桜《さくら》からも聞こえた。歳《とし》を経《へ》た木には魂《たましい》が宿るという。しかしここにいるのは、ただの木霊《こだま》（木の精《せい》）ではない。

「はやくはやく、こちらへおいで」

「鬼《おに》の子、ひとりはさびしかろう」

桜《さくら》の精《せい》と言っていいのか。周《まわ》りの桜《さくら》も口々にミサキを誘《さそ》う。

その間にも、笑う般若《はんにゃ》の姿《すがた》は、ミサキの目の前に近づいてくる。禍々《まがまが》しい雰囲気《ふんいき》が感じられた。

「善悪《ぜんあく》のない大きな力を持ったモノ、己《おのれ》の力を増《ま》すために生命《いのち》を食らうモノ」

そんな言葉が自然にミサキの口から発せられた。

「その通り、この鬼《おに》の子は賢《かしこ》い」

般若《はんにゃ》は赤い口を大きく開いた。

ジリッと胸《むね》が熱くなった。ミサキは胸《むね》に手をあてた。ポケットに今朝、祖母《そぼ》から貰《もら》った数珠《じゅず》の感触《かんしょく》があった。

「お守りに。決して離《はな》してはいけないよ」

千早とミサキに、それぞれ一つずつ、祖母《そぼ》から渡《わた》された数珠《じゅず》だ。

急いで取り出して、目の前にかざした。魔《ま》を破《やぶ》る真言《しんごん》がとっさに思い出せない。

「まてまてまて」

突然《とつぜん》、空中から雷《かみなり》のような大声が響《ひび》きわたった。

ミサキはハッとして固まる。声がしたと同時に、おそろしい般若《はんにゃ》のようだった樹霊《じゅれい》は、すらりと美しい女性《じょせい》の姿《すがた》に戻《もど》り、いつの間にか、ミサキからも遠く離《はな》れた森の縁《ふち》にいた。周《まわ》りの桜《さくら》もひっそりと声を潜《ひそ》めた。

「御身《おんみ》たちは、悪戯《いたずら》がすぎる。留守《るす》をするのではなかった」

声の主は神主のような白い着物を着た男性《だんせい》だった。笑顔だが、目は笑っていない。

若いのか、年寄《としよ》りなのか、見た目では全然わからない。

「許《ゆる》せ」

男性《だんせい》はミサキに謝《あやま》った。

「あれらは千年経《へ》た桜《さくら》じゃ。桜《さくら》の森に誘《さそ》われた者で、命数の尽《つ》きた者は食らってよい理《ことわり》になっている。もっともお前の命数は尽《つ》きておらぬが・・・・」

話す言葉が老人のような男は、ミサキをジロジロと眺《なが》めた。

「なるほど」

男は樹霊《じゅれい》たちに向き直った。

※命数
「天（あるいは天帝《てんてい》）」から与《あた》えられた命の長さ。

「命数の尽《つ》きておらぬ者を食らうこと、固く禁《きん》じてあるはず。また、鬼《おに》の子を食おうなど二度と思うな。禁《きん》を破《やぶ》ろうとするモノは、いますぐ灰《はい》にする」

そう叫《さけ》んだ。男は声を落として続けた
「お前たちには蜜《みつ》のように美味《おいし》そうに見えるだろうが、この子を食ろうたら」

男は言葉を止めた。木々の枝《えだ》がざわめくように、桜《さくら》の霊《れい》たちは、小さくなってザワザワとうごめいた。申《もう》し訳《わけ》なく思っているのだろうか、大きさが、二まわりも小さくなったようだ。男はミサキの方を向くと手を出した。

「バスが来る。つかまれ」

ミサキは男の手をつかんだ。

まばたきをするほどの間に、ミサキは霊園《れいえん》前のバス停にいた。バスが近づいてきている。謎《なぞ》の男はミサキの隣《となり》にいた。

「あの」

おじいさんと言うべきか、お兄さんなのか、ミサキは迷《まよ》った。

「翁《おきな》でよいが、いまどき、翁《おきな》でもあるまい。好きに呼《よ》べばよい」

「ありがとうございました」

ミサキは謎《なぞ》の男に礼《れい》を言った。

「鬼《おに》の子を食べるとどうなるのですか？」

「自らを決して鬼《おに》の子と言ってはならない。これは秘密《ひみつ》だ。婆《ばば》からも、きつく言われているだろう」

祖母《そぼ》が、わたしたちに聞かせてくれた話を知っているのか。男が何者なのか、謎《なぞ》はますます深まった。バスが停まり、ミサキは乗り込《こ》んだ。隣《となり》にいるはずの謎《なぞ》の男は運転手には見えていないようだ。ミサキを乗せるとバスはためらいなく、すぐにドアを閉《し》め、動き出した。ミサキは座席《ざせき》に座《すわ》り、バス停を見た。謎《なぞ》の男はまだそこに立っていた。そして男の言葉が直接《ちょくせつ》ミサキの耳に響《ひび》いて聞こえた。

「鬼《おに》の子を食べると桜《さくら》は腹《はら》をこわすのだ。ははは」

◎東京都：谷中霊園《れいえん》

明治時代にできた霊園《れいえん》、周囲には複数《ふくすう》のお寺があり、区画整理されていないので、迷路《めいろ》のようになっています。歴史的有名人のお墓《はか》も多く、訪《おとず》れる人用に管理事務所《じむしょ》で有料の案内図が売っています。桜《さくら》の巨木《きょぼく》が多いため、陽射《ひざ》しが届《とど》かず、ひっそりとした場所があります。昼間は観光で訪《おとず》れる人も多い墓地《ぼち》です。夜はうっそうと茂《しげ》った木々でこわい雰囲気《ふんいき》です。

谷中霊園《れいえん》の不思議な噂《うわさ》

墓地《ぼち》の中に小さな公園があり、深夜、誰《だれ》もいないのに、まるで誰《だれ》かが遊んでいるように、ブランコが揺《ゆ》れているそうです。

◎青山霊園《れいえん》（桜《さくら》のトンネルがある、美しい墓地《ぼち》です）

青山霊園《れいえん》の不思議な噂《うわさ》

青山霊園《れいえん》の中には「!」ビックリマークの交通標識《ひょうしき》が、いろいろな場所に立っています。「!」マーク標識《ひょうしき》は、危険《きけん》をあらわす正式な交通標識《ひょうしき》で、具体的な危険《きけん》があれば、標識《ひょうしき》の下に（大きい穴《あな》）（崖《がけ》）などの文字が補足《ほそく》されています。青山霊園《れいえん》の「!」マーク標識《ひょうしき》には補足《ほそく》の文字が、まったくないため、噂《うわさ》では「幽霊《ゆうれい》注意」の意味だと言われています。

大小二つの人影《ひとかげ》が多く目撃《もくげき》されています。墓《ぼ》地《ち》の間から急に飛び出してくる。モヤのようにぼんやりとした二つの人影《ひとかげ》がずっとついてくるなどがあります。

青山墓地《ぼち》は有名なタクシーの怪談《かいだん》が生まれた場所です。

青山墓地《ぼち》のタクシー怪談《かいだん》

青山墓地《ぼち》には車が通るきれいな並木《なみき》道があります。昼間は、ジョギングや散歩を楽しむ人が多い明るい道です。ある夜、一台のタクシーがこの道に差しかかりました。若《わか》い女性《じょせい》が手をあげています。タクシーはこの女性《じょせい》を乗せて、走り出しました。女性《じょせい》は行き先だけを告《つ》げると、うつむいて黙《だま》っています。（気分でも悪いのだろうか）運転手さんはそう思いましたが、黙《だま》って行き先に向け車を走らせます。目的地が近くなりました「お客さん、まもなく着きますよ」運転手さんは、そう言いながらルームミラーで後ろの座席《ざせき》を見ました。しかし女性《じょせい》の姿《すがた》は、どこにも見えません。もしかして、後部座席《ざせき》の床《ゆか》に倒《たお》れているのでは？

運転手さんは車を止めると、身を乗り出して確認《かくにん》します。床《ゆか》にもいません。慌《あわ》てて、車から降《お》りて、後ろのドアを開け、座席《ざせき》を確認《かくにん》すると、女性《じょせい》の姿《すがた》はこつ然と消え、座席《ざせき》が濡《ぬ》れていたそうです。この怪談《かいだん》のバリエーションで、目的地近くでタクシーが道に迷《まよ》ってしまい、同じ場所をぐるぐる回って着かないので、後ろを見ると消えていた。という怪談《かいだん》もあります。

桜《さくら》と鬼《おに》の不思議な祭

やすらい祭（やすらい花）玄武《げんぶ》神社・今宮神社（京都）

四月の花（桜《さくら》）が飛び散《ち》るときに、人々を悩《なや》ませる悪霊《あくりょう》や疫病神《やくびょうがみ》も同時に飛び散《ち》るという言い伝えから、はじまった祭。鎮花《はなしずめ》をして、無病息災《むびょうそくさい》を祈《いの》ります。花で飾《かざ》った風流傘《ふうりゅうがさ》、御幣《ごへい》を中心に、赤や黒の長髪《ちょうはつ》の鬼《おに》（大鬼《おに》と小鬼《おに》）たちの行列が、首からつるす鉦《しょう》や太鼓《たいこ》（大鬼《おに》の持ち物）、鞨鼓《かっこ》という雅楽《ががく》で使う小さい太鼓《たいこ》、胸《むね》の前に横向きに持って打ちます。（小鬼《おに》の持ち物）を打ち鳴らしながら、神社を出発して、町のいろいろな場所を回っていきます。この鬼《おに》は、節分で追い払《はら》われる悪い鬼《おに》ではありません。人間より強い力を持つ鬼《おに》たちと打ち鳴らす楽器の音で、病魔《びょうま》を退散《たいさん》させます。花を飾《かざ》った傘《かさ》の下に入れば疫病《えきびょう》にかからないと信じられています。

桜《さくら》の名所（昔の日本人が考えた人の生死の象徴《しょうちょう》）

墓地《ぼち》でもあり、桜《さくら》の名所でもある場所が、日本全国に多く存在《そんざい》しています。それは、墓地《ぼち》の標《しるし》として、日本人が好きな桜《さくら》を植えたことが大きな原因《げんいん》となっていると考えられています。昔の日本人が考えた生と死について、少し説明します。

桜《さくら》は日本固有の植物です。古代から日本の山野に広い範囲《はんい》で自生していました。桜《さくら》は神話の時代から、物語に多く取りあげられています。古事記、日本書紀に出てくる「山の神」の娘《むすめ》の一人で、美しい姿《すがた》と顔を持っている（木花咲耶《このはなさくや》姫《ひめ》）の「さくや」から「さくら」という名称《めいしょう》になったとも言われています。また、桜《さくら》は、美しい花ですが、はかなく散るものの象徴《しょうちょう》と考えられていました。世界には「人間はなぜ死ぬか」ということを神話などで説明しようとする例があります。

　毎年、美しい花を開き、あっという間に散ってしまう桜《さくら》は生と死の象徴《しょうちょう》と考えられていました。

　「さくら」という名前から、日本人が桜《さくら》を好むもう一つの理由を考える学問があります。民俗学《みんぞくがく》という学問です。民俗学《みんぞくがく》では、古い言葉などから、「さ」という言葉は田の神を表すと考えます。（例：早苗《さなえ》・さなえ：田の神の苗《なえ》と名前をつけることで、稲《いね》がたくさん実ることを願う）、「くら」には、神の御座《ぎょざ》（神のいる場所、お出ましになる場所）の意味があるそうです。「さくら」は、「さ」と「くら」が結びつくことで（田の神がいる場所）となり、農業を営《いとな》む民から崇《あが》められていたという説です。満開の桜《さくら》には田の神が宿り、田植えから収穫《しゅうかく》までを見守っているという考え方です。桜《さくら》は農耕《のうこう》の時季を知らせてくれるありがたい花でもありました。いまでも農作業の目安には桜《さくら》の開花時期の気温が関係しています。

団地《だんち》

C県T団地《だんち》

それは、厚《あつ》い雲に、すっぽりと空が覆《おお》われた梅雨《つゆ》の日のことだった。ミサキは志織《しおり》といっしょにC県のとある団地《だんち》に向かっていた。その日は志織《しおり》からの頼《たの》みで、その団《だん》地《ち》に住む志織《しおり》の友人を訪《たず》ねることになっていた。

団地《だんち》に近い駅に着いたとき、ちょうど大粒《おおつぶ》の雨が降《ふ》ってきてしまった。

「タクシーで行こう」

志織《しおり》が言った。

「T団地《だんち》までお願いします」

タクシーに乗り、志織《しおり》が行き先を告《つ》げた。

「はい。T団地《だんち》のどのあたり？　あそこは広いからね」

運転手はドアを閉め、志《し》織《おり》に聞いた。

「K公園の近くです。そこまで行けば、場所がわかるので、建物の下まで行っていただけますか」

「悪いけどK公園まででいいかな？」

運転手が言った。

「棟《とう》の下までは悪いけど行けない。それでいいなら？」

車がゆっくり動き出した。

「何か訳《わけ》があるんですか？」

運転手はフロントミラーでチラッと二人を見た。

「お嬢《じょう》さんたち、団地《だんち》には誰《だれ》かに会いにいくの？」

「祖父母《そふぼ》に会いに行きます」

志織《しおり》が（友人に会いに）と答える前に、ミサキが答えた。

（ウソじゃん）志織《しおり》は目でミサキに合図した。ミサキはにっこりして続けた。

「今日は祖母《そぼ》の誕生日《たんじょうび》なんです」

「ふぅん。そうか、感心だねえ」

運転手は独《ひと》り言のように呟《つぶや》いた。

「T団地《だんち》もずいぶん高齢化《こうれいか》が進んでね。いまはお年寄《としよ》りが多く住んでいるよ。以前は、よく利用してくれたおばあさんもいたよ。病院だ、スーパーだ、そのおばあさんに呼《よ》ばれて、ずいぶん送り迎《むか》えしたもんです」

彼《かれ》はくだけた口調で話しはじめた。祖父母《そふぼ》に会いにいくという言葉に引き出されたのだろう。雨粒《あまつぶ》が窓《まど》を打つ。まだ十分に明るい時間だが、雨と大きな街路樹《がいろじゅ》のせいで、空が暗い。

「あそこはエレベーターがないから、荷物を上まで運んだり、最後の方は、四階《かい》から背負《せお》って降《お》りて、タクシーに乗せたりもしたんだよ」

「わあ、大変でしたね」

志織《しおり》が言った。ミサキが続ける。

「ずいぶん感謝《かんしゃ》されたでしょう。最後とおっしゃったから、そのお年寄《としよ》りは、もういらっしゃらないんですね」

運転手が頷《つぶや》いた。

「そう、亡《な》くなったの。でも、人にはあまり親切にしすぎちゃいけないね」

まもなく目的地が近いのか、タクシーは速度を落とし、ウィンカーを出した。

「それ以来、団地《だんち》に近寄《ちかよ》るとね、ときどき、上の階《かい》から、誰《だれ》かが手招《てまね》きしているのが見える。こっちは仕事だから、お客さんかな？　と思って車止めて、棟《とう》の階段《かいだん》を登って行くけど、誰《だれ》もいない。そんなことが二度、三度とあってね。それで棟《とう》まで行くのは、会社から無線で依頼《いらい》が入ったときだけにしているんだ」

大通りでタクシーが止まる。料金を払《はら》いタクシーを降《お》りた。

「怪談噺《かいだんばなし》が聞けましたね」

ミサキが言った。

「それにしても、どうして祖父母《そふぼ》を訪《たず》ねるなんて、ウソいったの？」

「なんとなくです。運転手さん、あまりここに来たくなさそうだったから」

「おばあさんの霊《れい》、居《い》る？」

「それより、いっしょに志織《しおり》さんの友人を訪《たず》ねる理由をまだ聞いていません」

志織《しおり》はきょろきょろと周囲を見回す。友人の住む棟《とう》を探《さが》しているようだ。

「あの棟《とう》だ。理由は歩きながら・・・・」

二人は歩き出した。

志織《しおり》の友人は、インテリアデザイナーだそうだ。部屋の内装《ないそう》（壁《かべ》や窓《まど》、カーテンなど）を家全体のイメージに合うように考え、ときには家具の配置やコーディネートのアドバイスもするという。この団地《だんち》を選んだのは、昭和六〇年代のイメージがそのまま残った間取りと内装《ないそう》だからだそうだ。

「昭和レトロが大好きなんだって」

志織《しおり》が言った。

家具や小物も、リサイクルショップを巡《めぐ》って探《さが》したそうだ。服も当時の服を古着屋で買うほど、徹底《てってい》しているらしい。

「だから、会っても驚《おどろ》かないでね」

驚《おどろ》かないけど、肝心《かんじん》の相談《そうだん》ってなんだろう。しかも雨の日に来てほしいって、ミサキは思った。

志織《しおり》が急に立ち止まった。

「ミサキ、何か感じる?」

そこは団地《だんち》の入り口へ続く道だ。志織《しおり》とミサキのほかには誰《だれ》もいない。

うすいブルーの紫陽花《あじさい》がたくさん咲《さ》いている。

「何も感じないです」

二人は友人の部屋へ続く階段《かいだん》を上った。友人の部屋は四階《かい》だそうだ。階段《かいだん》を挟《はさ》んで二つの家の玄関《げんかん》が向かい合っている。多くの人が使った階段《かいだん》は、少しすり減《へ》っていた。四階《かい》まで登る途中《とちゅう》。志織《しおり》は声を潜《ひそ》めて言った。

「なぜか雨の日にだけ、不思議なことが起きて、体調を壊《こわ》すから相談《そうだん》したいってメールが来たの」

すっと水の匂《にお》いが階段《かいだん》に満ちた。

志織《しおり》の友人Aの部屋は、仕事で使うというパソコン二台とプリンターを除《のぞ》いて、まったく別の時代にタイムスリップしたような部屋だった。

どこかで見たような、少し懐《なつ》かしい気がするのは、テレビのドラマで見たのか、ミサキが小さいころに訪《たず》ねた親戚《しんせき》の家の記憶《きおく》なのかもしれない。

「これが昭和レトロです。可愛《かわい》いでしょう」

確《たし》かに全体的に丸っこい形で、愛嬌《あいきょう》がある。

「このテレビ映《うつ》るの？」

志織《しおり》は遠慮《えんりょ》なく聞いた。ブラウン管《かん》テレビと言うのだそうだ。昔のモノを展示《てんじ》してある博物館で見たことがある。

「映《うつ》るわけないでしょう。飾《かざ》りよ、飾《かざ》り。テレビはパソコンで見ればいいし」

Aさんが明るく答える。相談《そうだん》ごとがあるようには、思えない。

「雨の日に来てほしいって頼《たの》まれたから、こうして来たんですけど」

志織《しおり》がミサキの気持ちを質問《しつもん》にしてくれた。

「雨の日に起きる不思議なことって何？」

Aさんの顔が少し暗くなった。

「うん。ちょっとここから下を見てください」

Aさんはそっと窓《まど》を開いた。下にはさっき登ってきた階段《かいだん》の入り口がある。何もない。Aさんは唇《くちびる》に指をあてている。黙《だま》って見ていてという意味だろう。階段《かいだん》の入り口から、ぴょんと飛び出すように、子どもの姿《すがた》があらわれた。六歳《さい》くらいの男の子のようだ。この棟《とう》に住む子どもだろう。でも、どこか奇妙《きみょう》な感じがする。ミサキはじっと子どもを見た。手に小さな黄色い傘《かさ》を持っている。

「あっ」ミサキはあることに気がついた。Aさんと志織《しおり》を急いで窓《まど》から引き離《はな》す。

ミサキは静かに窓《まど》を閉《し》めた。

「あれが、雨の日にあらわれる不思議なことですか?」

Aさんが大きくうなずいた。

「この棟《とう》に住んでいる子どもじゃないの?」

志織《しおり》が聞いた。

「志織《しおり》、この棟《とう》には、いま、わたし以外にはお年寄《としよ》りしか住んでいないのよ」

「じゃあ。雨の日にだけ遊びにくるお孫《まご》さんとか」

Aさんが首を横に振《ふ》った。

「志織《しおり》さんもAさんも、子どもと言っていますが、何色の服を着ていましたか?」

「手に黄色い傘《かさ》を持って・・・・」

黄色い傘《かさ》以外の服の色、形が思い出せない。

「わたしも黄色い傘《かさ》しか、覚えていません。子ども服なら、もう少し色がはっきり見えてもいいと思うんです」

子どもの周《まわ》りの紫陽花《あじさい》の青紫《むらさき》、草木の緑は、はっきり見えていた。

「だから、わたしたちが見たのは、正確《せいかく》には子どもじゃなくて、子どものように見えるモノですよね」

ミサキが言った。

「わたし、一度、あの子に話しかけてしまって」

Aさんが言った。

「半年ほど前の雨の日、外出して帰ってきたら階段《かいだん》の入り口にあの子がうずくまっていました。すごく寒い日だったから、『どうしたの、大丈夫《だいじょうぶ》？　おうちは何棟《なにとう》？迷《まよ》ったのかな』って話しかけたの。でも何も答えないから、警戒《けいかい》しているのかと思って、『お姉さん、この棟《とう》に住んでいるのよ。おうちまで送ってあげようか』それでも返事はない。『気をつけてね』って声をかけて、そのまま部屋に戻《もど》ったの」

「しっ」

ミサキが声を潜《ひそ》めて言った。

「聞こえませんか？」

ずっ、ずっ、コトン。固いものの上を何かを引きずる音が小さく聞こえる。

「階段《かいだん》を上っている」

志織《しおり》がつぶやいた。

「雨の日にあの子を見ると、いつもこの音が聞こえてくる。この音を聞くと、必ず体調を崩《くず》してしまう」

Aさんが青ざめた顔で言った。

ダンダンダンダンダン。ふいに階下《かいか》で激《はげ》しくドアを叩《たた》く音が聞こえた。

「やだっ。いつもはノックなんか聞こえないのに」

バタンとドアが開いて、乱暴《らんぼう》な声がしたかと思うと、すぐにドアは閉《し》まった。

「たぶん開けても誰《だれ》もいなかったはず。でも、危険《きけん》です」

ミサキは数珠《じゅず》を取り出した。

ずっ、ずっ、コトン。音はすべての部屋のドアを叩《たた》くわけではないようだ。

志織《しおり》はAさんを庇《かば》っている。Aさんはガタガタ震《ふる》えていた。

ピーンポーン。チャイムが鳴った。Aさんは、耳を押《お》さえて座《すわ》り込《こ》んだ。

「お願い、来ないで」

小さくつぶやいている。

ピーンポーン。間延《の》びしたチャイム音が響《ひび》く。

「どうする？」ミサキは部屋を見回した。

あれは瘴気《しょうき》の塊《かたまり》だ。普通《ふつう》なら徐々《じょじょ》に散《ち》っていくはずだが、あれには、ほかにも何か憑《つ》いている？

ピーンポーン。ダンッ。ダンッ。ピーンポーン。ダンッ。ダンッ。

チャイムの音に続いて、乱暴《らんぼう》にドアを叩《たた》く音が聞こえた。

志織《しおり》の腰《こし》が浮《う》きそうになっている。

いまにも「はーい」と返事をしてドアを開けそうだ。

いけない。開ければ、何が起こるかわからない。何か身代わりになるものは？

ミサキは、棚《たな》のぬいぐるみを取り上げると、二人に駆《か》け寄《よ》った。

「身代わりにしていいですね」

Aさんは頷《うなず》いた。

二人を壁際《かべぎわ》に座《すわ》らせ、護符《ごふ》を持たせる。

ミサキはぬいぐるみの上に、指で梵字《ぼんじ》を書く。

ピーンポーン。がちゃり。ミサキは無言でドアを開いた。ぬいぐるみを先にドアの外に出す。

つぎの瞬間《しゅんかん》。タタタッ。と足音をたてながら。ミサキは無言で、ぬいぐるみといっしょに部屋を駆《か》け抜《ぬ》け、すばやく窓《まど》を開けた。

黒灰色《はいいろ》の塊《かたまり》と黄色い傘《かさ》の先がミサキを追って、床《ゆか》を走る。

水と土が腐《くさ》ったような匂《にお》いがした。

ミサキはぬいぐるみを窓《まど》から放《ほう》り出した。塊《かたまり》と傘《かさ》が後を追って窓《まど》から飛んだ。

ミサキは窓《まど》をぴしゃりと閉《と》じると、結界を張《は》り、大きく息を吐《は》いた。

「これで大丈夫《だいじょうぶ》だと思います」

ミサキが二人に言った。

「ぬいぐるみ、ごめんなさい。身代わりが必要でした」

「あれは、何だったの？」

Aさんが尋《たず》ねた。

「瘴気《しょうき》が、この団地《だんち》で亡《な》くなった子どもの霊《れい》を取り込《こ》んだのかもしれません。話しができるようなモノではなかったです。Aさんは、あれを見た日は、必ず体調を崩《くず》すと言っていましたよね。最初はそれだけで満足していたのでしょう」

「ノックする部屋としない部屋があったのは？」

「子どもの姿《すがた》の「あれ」に声をかけた人の部屋を訪《おとず》れていたのかもしれません。もし外に、傘《かさ》とぬいぐるみがあっても、Aさんは、絶対《ぜったい》に拾《ひろ》わないでください。拾《ひろ》ってしまうと、また来るかもしれない」

翌週《よくしゅう》、志織《しおり》からメールが届《とど》いた。

「ミサキ、先日はありがとう。Aからもお礼《れい》のメールが届《とど》きました。Aの住む団地《だんち》の下の階《かい》でお葬式《そうしき》があったそうです。あの日ドアを開けた部屋だそうです。ミサキにはくれぐれもお礼《れい》を言ってほしいとのことでした」

◎東京T平団地《だんち》

屋上《おくじょう》からの飛び降《お》り自殺が多く、現在《げんざい》は屋上《おくじょう》への出入りはできなくなっています。それでも、ときどき、屋上にたたずむ人影《ひとかげ》を見たという話しがあり、自殺者の霊《れい》が彷徨《さまよ》っているとの噂《うわさ》があります。

◎岐阜県T町　町営《ちょうえい》マンション（T住宅《じゅうたく》）の不思議な事件《じけん》

二十四世帯が住む新築《しんちく》の町営《ちょうえい》マンションで起こった事件《じけん》。それは一九九八年壁《かべ》の中から音がするという住民Iさんの訴《うった》えからはじまりました。二〇〇〇年に入ると、ほかの住民たちからも、水道が勝手に出る。テレビのチャンネルが勝手に切り替《か》わる、コンセントをさしていないドライヤーが動く。戸棚《とだな》に入れてあった茶碗《ちゃわん》や皿《さら》が飛び出して割《わ》れたなど、さまざまな現象《げんしょう》が起こりました。住民は町にお祓《はら》いをしてほしいと頼《たの》みましたが、町では対応《たいおう》できませんでした。そのため、住民が自費でお祓《はら》いをお願いしたそうです。お祓《はら》いをした後も、深夜ぱたぱたと音がする、外から空き缶《かん》が飛んでくるなどの、不思議な現象《げんしょう》が続き、岐阜のポルターガイスト（騒《さわ》ぐ霊《れい》）として、地方の新聞やテレビに取り上げられました。

ワイドショー系テレビ番組は数人の霊能者《れいのうしゃ》を派遣《はけん》して、原因《げんいん》を突《つ》き止めようとしました。霊能者《れいのうしゃ》は、このあたりが古戦場だったことから、霊《れい》の仕業《しわざ》と判定《はんてい》しました。

それとは別に物理的な原因《げんいん》を探《さぐ》るために、日本音響《おんきょう》学研究所が、原因《げんいん》について調べました。日本音響《おんきょう》学研究所の考えは、水道管の中を通る水の圧力《あつりょく》が変わることにより、音が聞こえる「ウォーターハンマー現象《げんしょう》」ではないかと発表しました。

二〇〇二年ごろまでは、断続的《だんぞくてき》に続いていたそうですが、いまは収《おさ》まっているそうです。

◎**物理的に説明ができるポルターガイスト現象《げんしょう》**

●**熱膨張《ねつぼうちょう》や収縮《しゅうしゅく》による怪音《かいおん》**

夜は冷たくなっている建物の外壁《がいへき》などが、昼になり気温が上がると、脹《ふく》れたり、縮《ちぢ》んだりすることで大きな音をたてる現象《げんしょう》。

●**低周波**

近くに大きな道路などがある場合、重いトラックなどが通り、その振動《しんどう》が地面から建物に伝わる。たとえば、人形がひとりでに向きを変える。戸棚《とだな》の扉《とびら》がひとりでに開くなど。

●**電波障害《しょうがい》**

電波にはいろいろな種類があります。特にトラックで使われる無線などは、とても強いため、誰《だれ》もいないのに自動ドアが開く、テレビが勝手につくなどの現象《げんしょう》が起きることがあります。

●**ウォーターハンマー現象《げんしょう》**

水道管を通る水の圧力《あつりょく》で、壁《かべ》の中から「ドン」「ガン」と何かを殴《なぐ》ったような衝撃音《しょうげきおん》が聞こえる。漏水事故《ろうすいじこ》に繋《つな》がる場合もあるそうです。

◎つくば市某団地《ぼうだんち》

「姉さん」の文字が浮《う》かぶ呪《のろ》いの壁《かべ》

団地《だんち》のひび割《わ》れが「姉さん」の文字に見えると言われる。近くには元処刑場《しょけい》だった十字路や、交通量の多い道路があるため、そこで事故《じこ》にあった少年の最後の言葉が、団地《だんち》の壁《かべ》にあらわれたのだと言われています。

事故物件《じこぶっけん》に住んでみたら（**事故物件《じこぶっけん》とは、事件《じけん》や事故《じこ》で人が亡《な》くなっている住宅《じゅうたく》**）

怪奇現象《かいきげんしょう》にあったことがあると考える人と、特になにも起こらなかったと感じる人は、ちょうど半分くらいの割合《わりあい》だとのことです。事故物件《じこぶっけん》で感じた主な怪奇現象《かいきげんしょう》は、ラップ音が聞こえる。人の気配を感じた、体調が悪くなる、悪夢《あくむ》を見た。金縛《かなしば》りになった。見知らぬ人を見た。照明の点滅《てんめつ》。変な匂《にお》い。などです。怪奇現象《かいきげんしょう》のうち、いくつかは、物理的な理由で説明ができるものかもしれません。しかし、説明のできない現象《げんしょう》も多数報告《ほうこく》されています。

海から来る

茨城県O《オー》海岸 など

それは梅雨《つゆ》が明け、まもなく夏休みを迎《むか》える七月の早朝のことだった。ミサキは「ビーチコーミング」と名づけられた海岸の清掃《せいそう》ボランティアに参加していた。このあたりの海岸には、毎年、たくさんの人たちが海水浴に訪《おとず》れる。海水浴に来る人たちを迎《むか》える前に海岸を清掃《せいそう》するのは、地元の行事だ。ゴミを拾《ひろ》うのがいちばんの目的だが、海岸にはゴミだけでなく、いろいろな物が流れ着く。角の取れたガラス、貝殻《かいがら》など珍《めずら》しいものを集めることを趣味《しゅみ》とする人たちもいる。ただの清掃《せいそう》作業よりも、「ビーチコーミング」と名前をつけた方が、参加する人も多いのだそうだ。ボランティアの参加は学校の単位にもなるので、ミサキのクラスメイトもたくさん参加していた。

「おはよう。ミサキ」

美玖《みく》が声をかけてきた。彼女《かのじょ》は泳ぎが得意で、夏はよく海で遊んでいる。シーグラス（海岸に流れ着く美しいガラス）を集めるのが趣味《しゅみ》なので、海岸の清掃《せいそう》にはいつも積極的《せっきょくてき》だ。

「おはよう。きれいなガラスはあった？」

美玖《みく》は笑顔で、五〇〇円玉くらいの曇《くも》った青いガラスを見せてくれた。

「今日はこのコがいちばんきれいかな。ここ数日、風がなかったからあまりゴミは打ち上げられてないね」

二人とも手に持ったゴミ袋《ぶくろ》は軽い。

「それに今日は参加者が多いよね」

あたりを見渡《みわた》す。確《たし》かにいつもよりボランティアの数が多かった。

「もうすぐ清掃《せいそう》は終わりかな」ミサキは思った。

「ねえ、終わってから少し時間ある？」

美玖《みく》が言った。

「ちょっと困《こま》ったことがあって、ミサキに相談《そうだん》しようと思っていたの」

清掃《せいそう》が終わり、二人は日陰《かげ》に移動《いどう》して話を続けた。

美玖《みく》の兄は大学生でサーフィンを趣味《しゅみ》にしている。生まれも育ちも海の近くだから、あたり前の趣味《しゅみ》かもしれない。彼女《かのじょ》も海が好きなので兄からサーフィンを教えてもらっている。休日には、たまに兄といっしょに海へ行くこともあるという。でも初心者だから中級以上のポイントに行くときや、他県に遠出するときは行かないそうだ。その日はまだ暗いうちに兄は家を出た。海では何が起こるかわからない。成人している兄だけど、家の決まりでは、海に出かけるときは、こまめにメールや家族のラインで行動を連絡《れんらく》することになっていた。その日の昼過《す》ぎまでは、普通《ふつう》に兄からラインが届《とど》いた。昼食のメニューなどのいつものくだらないラインだった。

午後三時を回ったころだった。母が帰宅《きたく》時間についてのラインを送ったが、返事がなかった。夏なので日は長いけれど、母は少し心配になったようだ、兄から連絡《れんらく》が来ていないか何度も尋《たず》ねられたそうだ。

「ママが心配してるよ。早く返信してね」美玖《みく》はメールを打った。すると慌《あわ》てたのか、文字化けした返信が返ってきた。「共ダリが出@来て後に#　ｑｒ：ｗ　かえる」

「『友だちができて、あと少し波に乗ったら帰る』って意味なのかなと思ったの。はじめて行った海岸らしいけど、兄は地元のサーファーと話が合って友だちになったのかと思った」

美玖《みく》はメール画面をミサキに見せた。ミサキの表情《ひょうじょう》が曇《くも》った。

文字化けの一部が「たすけて」に見える。

「お兄さん、その日から様子が変なんじゃない？」

美玖《みく》がうなずいた。

「その日、兄の帰りは遅《おそ》かったから、ボードやスーツを洗《あら》うのは翌日《よくじつ》に回したみたい。もちろん車に積む前に、現地《げんち》でざっと流してくるけど」

翌日《よくじつ》の朝、彼女《かのじょ》はすごい悪臭《あくしゅう》で目を覚《さ》ましました。

「ウッと吐《は》き気がするようなにおい。ミサキはイルカが腐《くさ》ったにおいって知ってる？」

ミサキは首を横に振《ふ》った。

「そうだよね。わたしビーチコーミングで一度だけ、イルカが浜に打ち上げられているのを見たことがあるの。とてもくさいんだ。それに似《に》ていると思った」

においはどうやらガレージの方から来るようだ。ガレージに行くと、兄がボードとウエットスーツを洗《あら》っていた。

「お兄ちゃん、すごくくさいよ。ご近所にも迷惑《めいわく》でしょう」

怒《おこ》りながら言う。

「ごめん」

そう言いながら、兄は振《ふ》り返らず、水をじゃあじゃあかけている。洗剤《せんざい》もちゃんと使っているようだ。ごぶごぶ。ウエットスーツを手で押《お》し洗《あら》いするたびに、腐《くさ》ったようなにおいが強くなった。ウエットスーツを入れたバケツから海水とは思えないような濁《にご》った色がこぼれ出していた。これがこの悪臭《あくしゅう》の元なのだろうか。こんなに水が汚《きたな》い海岸ってある？

「もうすぐきれいになるから」

兄はまるで誰《だれ》かに話しかけているように、ウエットスーツを洗《あら》っている。さすがに大量の水と洗剤《せんざい》のおかげで少しずつにおいは薄《うす》まっているようだが、鼻《はな》の奥《おく》に不快《ふかい》な感じが残った。

部屋に戻《もど》ろうとしたとき、ハッと気がついた。兄のものではないサーフボードがある。新品ではない、使った感じのあるものだ。サーフボードは、サーフィンをやる人のスタイルによって、それぞれ種類が違《ちが》う。そのボードは兄が使わないタイプのものだった。

「お兄ちゃん、このボードどうしたの？」

兄は振《ふ》り返らず、洗濯《せんたく》を続けている。

「お兄ちゃんてば！」

返事のない兄に近寄《ちかよ》った。バケツに浸《ひた》した兄の手首に赤い線がある。擦《す》ったような傷《きず》に見えた。

「お兄ちゃん、昨日、ケガしたの？」

「あ」

兄ははじめて気づいたように手首を見てぼう然としていたが、

「なんでもないよ」

と答え、洗濯《せんたく》を続けた。

「ボードは預《あず》かったんだ。取りに来る」

そう答えると無言に戻《もど》った。それから少しの間、兄はいつもと変わらない様子だった。誰《だれ》のものかわからないボードや、兄の手首にできた赤いアザは、なぜか家族の話題にのぼらず、彼女《かのじょ》も忘《わす》れていたそうだ。

やがて七月になった「十五日はいっしょに海に行かないか？」

兄が突然《とつぜん》言った。

「海岸もきっと空いているし。久《ひさ》しぶりに波に乗ろう。ボードを預《あず》けた友だちが、取りに来るから、美玖《みく》にも紹介《しょうかい》するよ」

彼女《かのじょ》の家では「お盆《ぼん》の時期に海に入ってはいけない」という決まりごとがある。二人ともずっと小さいころから、七月の新暦《しんれき》お盆《ぼん》と八月の旧暦《きゅうれき》お盆《ぼん》の時期は、どんなに暑くても、海に行ったことはなかった。迷信《めいしん》かもしれないが、祖父母《そふぼ》や両親からお盆《ぼん》の海にはお化けが出るからと、言い聞かされてきたのだった。お化けを簡単《かんたん》に信じる年齢《ねんれい》ではなくなっても、家のルールだから仕方がないと、ずっと守ってきた。

「え？　お兄ちゃん。その日はお盆《ぼん》だよ」

いままで誰《だれ》に誘《さそ》われても断《ことわ》ってきたのに。

「友だちが迎《むか》えに来るんだ」

兄は、にこにこしている。

「なんか変だ」彼女《かのじょ》は母に「お兄ちゃんが、友だちがくるからお盆《ぼん》に海に行こうって言うの」と言ってみた。母は少し考えていたが「お盆《ぼん》にお休みの人もいるから・・・」と言葉を濁《にご》し「海に入らなければ大丈夫《だいじょうぶ》じゃない。でも、あなたは行かないでね」と言った。

その晩《ばん》のこと、彼女《かのじょ》が部屋にいると、兄が乱暴《らんぼう》にドアをたたいた「お母さんに言いつけたな。お前にだけ話したのに。いいか。二度と誰《だれ》にも言うな。十五日にはいっしょに海にいく」そう言い捨《す》てると兄は部屋に籠《こ》もってしまった。兄妹《きょうだい》げんかはしたことがあるけど、こんな兄を見るのは、はじめてだ。

「十五日って、もうすぐじゃない」

ミサキが言った。

「うん。だからなんだか、とてもこわくて。先週くらいから海に面した二階《かい》の窓《まど》を夜中に「ばんっ」って叩《たた》くような音もするの。ミサキ、お願い。助けてもらえないかな」

「十五日まで待っていられないな」ミサキは思った。美玖《みく》の兄が友だちから預《あず》かったというボードといっしょに、家の中に何かよくないモノがすでに入り込《こ》んでいるかもしれない。

「今日、美玖《みく》の家に行ってもいい？　その前に少し準備《じゅんび》したいから、時間を決めよう」

「よかった。ありがとう」


美玖《みく》の家を訪《たず》ねたミサキは、まず彼女《かのじょ》の兄が預《あず》かったというボードを見せてもらうことにした。ボードはガレージの端《はし》に無造作《むぞうさ》に置いてあった。見るからに古い。塗装《とそう》もところどころはがれ落ちている。まるでビーチに流れ着いたように見えた。

「ねえ、これでサーフィンできると思う？」

「ううん。無理。これって・・・・」

「さわるな！」

バタン。突然《とつぜん》ドアが開き、美玖《みく》の兄が叫《さけ》んだ。目は赤く血走って、目の下は真っ黒な色に変わっている。

「そこをどけ！　それに触《さわ》るな」

大股《おおまた》でこちらに来ようとしているが、動きがぎこちなかった。右足を引きずるような、ゆっくりとした歩みだ。

彼《かれ》の肩越《かたご》しに、風船のように脹《ふく》れたどす黒い人の姿《すがた》が見えた。悪臭《あくしゅう》がガレージいっぱいに漂《ただよ》う。

「美玖《みく》」

ミサキは美玖《みく》に護符《ごふ》を渡《わた》した。


「あと少しだったのに」

水の底から聞こえるようなひずんだ声が言った。

「こいつだけ・・・つれて・・・い・・・」

「ひっ」

兄の口から悲鳴《ひめい》がもれる。

ミサキは、金剛杵《こんごうしょ》を握《にぎ》った手でボードを殴《なぐ》った。

「や・・・めろ」

悪霊《あくりょう》は美玖《みく》の兄の首を締《し》め上げた。

兄は悪霊《あくりょう》の手を振《ふ》りほどこうとしているが、その手はずぶずぶと悪霊《あくりょう》の手にめり込《こ》んでいく。

「お兄ちゃん！　ミサキ！　お兄ちゃんを助けて」

ミサキは金剛杵《こんごうしょ》の動きを止め、五色の色糸で編《あ》まれた縄《なわ》を取り出した。

「これでお兄さんの腕《うで》をしばって。こちらに引き戻《もど》して。わたしはこれを壊《こわ》すから」

ミサキの額《ひたい》に汗《あせ》が浮《う》かんだ。美玖《みく》はミサキから渡《わた》された縄《なわ》と、悪霊《あくりょう》を交互《こうご》に見た。

しゃあああぁあ。悪霊《あくりょう》は脅《おど》すように大きく口を開けた。ぽっかりと空いた暗い穴《あな》から得体《えたい》のしれない虫がザカザカと這《は》い出して、こちらに向かってきた。

「美玖《みく》、にげろ」

兄が苦しげに言った。彼女《かのじょ》は決心したように兄に飛びつくと、兄の手首を縄《なわ》で結んだ。

「お兄ちゃんこっち！」

体重をかけて、せいいっぱい引っ張《ぱ》った。ミサキは全身の力を込《こ》めて、ボードを打った。ビシと大きな音がすると、いままでびくともしなかったそれは、バラバラに崩《くず》れた。それと同時に、兄に覆《おお》い被《かぶ》さっていたモノは、ずるずると水のように広がって崩《くず》れた。しかし、悪霊《あくりょう》のにおいがまだ漂《ただよ》っている。

「まだ、もう少し気を抜《ぬ》かないで」

ミサキは美玖《みく》の兄に近づいた。

「手首を見せてください」

兄は大きく息をしながら、手首を見せた。うっすらとだが、赤いアザが残っている。

「お兄さんが洗《あら》っていたウエットスーツはどこ？」

美玖《みく》はガレージにある換気扇《かんきせん》の近くに下がっているスーツを指さした。

「どこかに、きっと・・・これだ」ミサキは真言《しんごん》を唱《とな》えながら、何かを取り出した。

「美玖《みく》、お兄さんの手首にまだ赤いアザが残っている？」

アザはすっかり消えていた。

「ない」

「よかった。これで大丈夫《だいじょうぶ》」

「ウエットスーツに何があったの？」

ミサキは注意しながら手の平を開いた。

小さな白いものが一つ。

「たぶん骨《ほね》じゃないかな。これはお盆《ぼん》に供養《くよう》してもらおう。それで終わりだと思う」

ミサキは白い紙で丁寧《ていねい》に包《つつ》んだ。

「それは、あの日、海岸で休んでいるときに、打ち寄《よ》せられてきたんだ」

美玖《みく》の兄が話し出した。

「妹は流れ着くものを集めていたなと思い拾《ひろ》ったけど、そのまま忘《わす》れてしまった。その後、波待ちしていると、いままで誰《だれ》もいなかったのに、数メートル先にサーファーがいるのに気がついたが、そのサーファーが、いつのまにか隣《となり》に来て、それから天候が荒《あ》れ出したので、車の中で話したような気がするけど、よく覚えていない・・・」

さっきまでサーフボードだった残骸《ざんがい》が、砂《すな》のように崩《くず》れて風に飛ばされて行った。

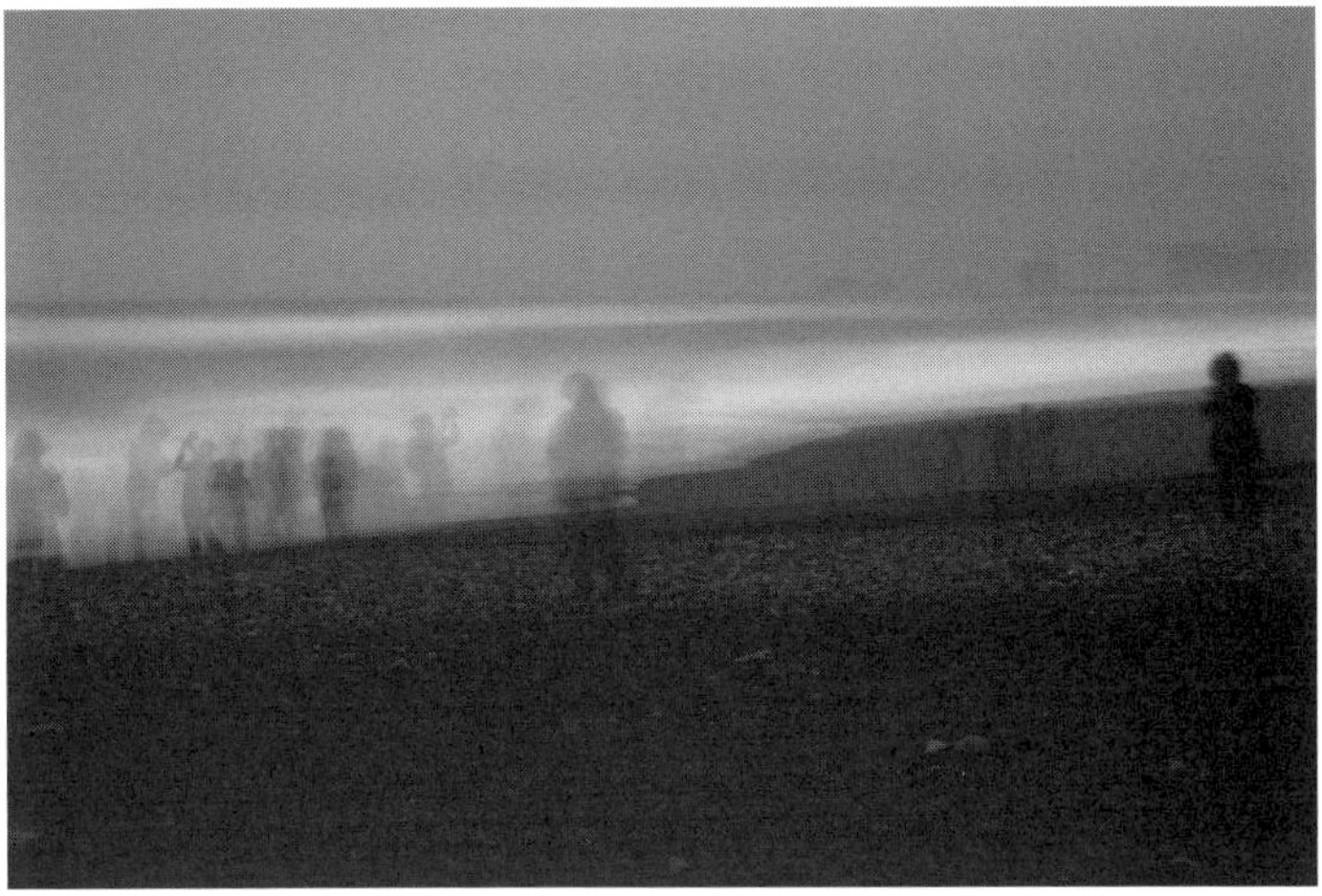

◎こわい水難事故《すいなんじこ》と都市伝説

中河原海岸集団水難事故《すいなんじこ》

一九五五年七月二十八日中学校の女子生徒三十六人が、三重県中河原海岸での水泳訓練《くんれん》中に溺死《できし》した水難事故《すいなんじこ》です。その日は風もなく、波も穏《おだ》やかな海水浴に適《てき》した日でした。訓練《くんれん》は男女別、泳げない人、泳げる人に分かれ、数日間にわたって実施《じっし》されていて、その最終日のことでした。海に入って僅《わず》か数分後、約一〇〇名の女子生徒が一斉《いっせい》に身体の自由を失《うしな》いおぼれました。海岸で見守っていた教《きょう》師《し》や、近くの人達による、懸命《けんめい》な救助活動がおこなわれましたが、女子生徒三十六名が命を失《うしな》いました。この事件《じけん》は、国会でも取り上げられ、原因《げんいん》の究明のため裁判《さいばん》となりました。事故《じこ》にあった生徒の証言《しょうげん》によると、平常《へいじょう》の流れではない「強い異常《いじょう》な流れ」と「急激《きゅうげき》な水位の上昇《じょうしょう》」により、一瞬《いっしゅん》のうちに身体の自由が奪《うば》われたとのことです。

後に、ある助かった生徒の言葉として、「急に足がたたなくなり、岸に戻《もど》ろうとしたら、防空頭巾《ぼうくうずきん》を被《かぶ》った人たちに足をつかまれ、海に引きずり込《こ》まれた」という話が一部のマスコミで紹介《しょうかい》されました。そのため、太平洋戦争による空襲《くうしゅう》の犠牲者《ぎせいしゃ》の遺体《いたい》を海岸で弔《とむら》ったことがあるという噂《うわさ》や、水難事故《すいなんじこ》の日は、戦争当時、津市が空襲《くうしゅう》を受け、多数の死者が出た日と一致《いっち》していることなどから、死者の祟《たた》りによるものではないかという噂《うわさ》が囁《ささや》かれました。

現在《げんざい》、中河原海岸は異常流《いじょうりゅう》の発生原因《げんいん》が完全に究明されていないため遊泳は禁止《きんし》となっています。海岸には事故《じこ》の後、犠牲者《ぎせいしゃ》の慰霊《いれい》のため「海を守る女神《めがみ》像《ぞう》」が建てられました。この事故《じこ》によって、児童、生徒の「泳げる力」を養う必要性《ひつようせい》とそのための訓練《くんれん》は「安全な場所」でおこなわなければならないということになり、全国の小中学校にプールが設置《せっち》されることのきっかけとなったそうです。

石像《せきぞう》が建てられてから、六十年ほどのときが流れました。

いまでも都市伝説として、その海岸では、フラフラと引き寄《よ》せられるように海に入っておぼれる人が後をたたない。「海の守りの女神像《めがみぞう》が事故《じこ》の日が近づくと血の涙《なみだ》を流す」などの噂《うわさ》が囁《ささや》かれています。

◎この事故《じこ》の主な原因《げんいん》と考えられた説。

●沿岸流《えんがんりゅう》（ロングショアカレント）説

当時発生していた台風により、波のうねりが砕《くだ》けてそのエネルギーが海岸近くで異常《いじょう》な流れを起こした。

●副振動《ふくしんどう》説

入り江で差し引きする潮《しお》と台風の中心から出る海中の震動《しんどう》が、集まり、不《ふ》規則《きそく》な振動《しんどう》が起こったのが原因《げんいん》。

●離岸流《りがんりゅう》

波が沖《おく》に向かって戻《もど》ろうとするときに発生する非常《ひじょう》に強い流れです。秒速二メートルほどにもなるため、泳ぎが得意な人でも脱出《だっしゅつ》するのが困難《こんなん》。離岸《りがん》流《りゅう》は非常《ひじょう》に流れが速く、強いため、足の立つ場所でも、波にさらわれる。遠浅の海岸に多いので注意する必要がある。

◎夏の海の言い伝え（お盆《ぼん》に海に入らない科学的な説明）

●土用波《どようなみ》

お盆《ぼん》のころから、日本の遙《はる》か南の海上では台風が発生しはじめます。台風の影響《えいきょう》を受けた高く、うねりの大きな波は「土用波《どようなみ》」と呼《よ》ばれ、遠く離《はな》れた日本の海岸にもやって来ます。突然《とつぜん》の大波はおぼれる危険《きけん》が高いため、注意が必要です。

特に、最近は海水温の上昇《じょうしょう》により、昔より強い台風が、早めに発生するようです。

お盆《ぼん》前でも急に大きな波が来ることを考えて、注意しましょう。

●水温の低下

水温が低下するとクラゲが発生しやすくなります。クラゲは海をふわふわと漂《ただよ》っているので、知らないうちに近くにいることがあります。クラゲの中には毒《どく》を持つものがいるため、触《さわ》るとたいへん危険《きけん》です。

●天候が変わりやすい

夏の終わりは、天気が変わりやすく、突然《とつぜん》に雨や雷《かみなり》が発生します。海岸では雨や雷《かみなり》を避《さ》ける場所が少ないため、雨に濡《ぬ》れて体温が下がるなどの危険《きけん》があります。雷《かみなり》は、地面よりも高い場所にめがけて落ちます。人間に落ちることも十分に考えられます。海面に落ちると、海水は電気を通すので、近くにいると感電してしまいます。海岸で雷鳴《らいめい》を聞いたり、稲妻《いなづま》が光るのを見たら、すぐに近くの建物や車の中に避難《ひなん》しましょう。

◎お盆《ぼん》の海の不思議な言い伝え

言い伝えでは、お盆《ぼん》には祖先《そせん》の霊《れい》だけでなく、無縁仏《むえんぼとけ》や恨《うら》みを抱《いだ》いた怨霊《おんりょう》も帰って来ると考えられていました。帰る家のない霊《れい》は、水辺《みずべ》に集まりやすいとされました。帰ってきた霊《れい》が戻《もど》るときに海などの水辺《みずべ》に行くと、道連れにされるという言い伝えがあります。

◎船幽霊《ふなゆうれい》

日本全国各地に伝わる海にあらわれる幽霊《ゆうれい》（怨霊《おんりょう》）です。

船による物資《ぶっし》の運搬《うんぱん》が多く、全国に航路が開かれるようになった江戸時代から広く語られるようになりました。

昔の船は木造《もくぞう》の帆船《はんせん》です。漁船などの小さな船は帆《ほ》もなく、動く力は人力に頼《たよ》るしかありません。天候の予測《よそく》もいまのように確実《かくじつ》なものではありません。急な嵐《あらし》などにあった場合は、遭難《そうなん》して亡《な》くなることが多かったため、漁師《りょうし》や海運業に携《たずさ》わることは「板子《いたこ》いちまい下は地獄《じごく》」（船底板いちまいの下は地獄《じごく》の海）という言葉のように、命がけの仕事でした。

船幽霊《ふなゆうれい》は、水難事故《すいなんじこ》で死んだ人が怨霊《おんりょう》となり、生きている人間を自分達のなかまに引き入れようとすると考えられました。有名な話では、船幽霊《ふなゆうれい》は、柄杓《ひしゃく》で水をくみ入れて、船を沈没《ちんぼつ》させるため「いなだ（柄杓《ひしゃく》の古い呼《よ》び方）貸《か》せ」と叫《さけ》びながらあらわれるそうです。追い払《はら》う方法は、底の抜《ぬ》けた柄杓《ひしゃく》を用意しておく。海に供養《くよう》として物を投げ込《こ》むなど、地方によっていろいろな方法があったそうです。

船幽霊《ふなゆうれい》の出る日は、雨の日、新月や満月の夜、盆《ぼん》の十六日、霧《きり》のかかった夜などと言われています。見通しの悪い夜は事故《じこ》も起こりやすく、人の心も不安になることが多いため、そのように言い伝えられているのかもしれません。

パワースポットにご用心

清正井《きよまさのいど》（東京都）

八月のある朝、ミサキは少し不機嫌《ふきげん》に目を覚《さ》ました。よく眠《ねむ》ったはずなのに、なんだか頭が重い。夏風邪《かぜ》をひいたかな？　熱を測《はか》ってみたけど、平熱だった。

そういえば、あまりよくない夢《ゆめ》を見てうなされた覚えがある。

嫌《いや》な夢《ゆめ》を見て汗《あせ》をかいたから、起きても体がだるいのかもしれない。

悪夢《あくむ》を見たのは、夕食のとき、父母と進路について、少し口論《こうろん》したせいだろうか。

ミサキは自分が将来《しょうらい》、何になりたいのか、まだよくわからない。得意な科目はあるけれど、進学するとしても、迷っていた。六月の進路指導《しどう》のときも、先生に少し困《こま》った顔をされた。

「まだ悩《なや》む時間はあるけれど、夏休み中にもう少し具体的に決めておくように」

と強く言われた。千早は全寮制《ぜんりょうせい》の学校に入学したときから、将来《しょうらい》、何になるのか、半分くらいは決まっていた。ミサキには、千早のような目標がない。

とにかく進学しなさいと父母は言った。

「ミサキは、ミサキで自分の将来《しょうらい》を考えなくちゃ。千早は千早なんだから」

そんな母の言葉に反発したのかもしれない。

「おはよう」

支度《したく》をしてダイニングキッチンに下りる。

今日は友人とオープンキャンパス（学校の雰囲気《ふんいき》をわかってもらうために、学校を開放して紹介《しょうかい》する行事）に行く予定だった。

「おはよう」

父が言った。母は仕事に出かけていた。

「なんだか顔色がよくないよ。大丈夫《だいじょうぶ》か？」

「うん」

「ミサキは友だちの困《こま》った問題を助けてあげているんだって？」

「え？」

誰《だれ》も知らないと思っていたミサキはビックリした。

「志緒《しお》さんから聞いたよ。志緒《しお》さんのほかにも、友だちの悩《なや》みごとを助けてあげているって」

どうして家族の誰《だれ》にも知られていないと思い込《こ》んでいたのだろう。

ミサキは朝食の手を止めた。

「それはいけないこと？」

ミサキの質問《しつもん》に父は首を横に振《ふ》った。

「いいや。悪いことじゃない。でもそれは、千早のことや、おばあちゃんの数珠《じゅず》のせいなのかな？」

どうしてだろう？　ミサキは考えてしまった。

「すぐに答えが出ないのは、悪いことじゃない。ミサキにはたくさん時間がある」

ミサキは黙《だま》って、朝食を続けた。

「ミサキの名前は古代語から名づけた」

父が唐突《とうとつ》に言った。

「ミサキは、いちばん先端《せんたん》のことを言うんだ。地形で海に飛び出している先を○○岬《みさき》っていうだろ。そこは夜明けをいちばんはじめに見る場所だ。だから(先に進む者。最初に光を発見して、後ろに続く道をつくる）という意味が込《こ》められている」

父はそれだけ言うと、黙《だま》ってコーヒーを飲んだ。

進路の参考になればと思って教えてくれたのかな？　ミサキは少しうれしくなった。

「ありがとう。出かけて来るね」

「いってておいで、でもあまり危《あぶ》ないことはしないでくれよ」

リビングを出るミサキの後ろ姿《すがた》に父が言った。


オープンキャンパスへは、なかのいい友だち数人で出かけた。ほかにもたくさんのグループが参加していた。人気のある学校なのだろう。学校は、雰囲気《ふんいき》が明るくて、案内してくれた人も親切で楽しかった。帰り際《ぎわ》、校門を出るとき、後ろから来たグループがすれ違《ちが》いざまに、

「あの子もここ受けるのかな。ちょっと・・・・だよね」

ささやくような声が聞こえたような気がしたが、ミサキは気にとめなかった。

地元の駅に着いて、友だちと別れた。今日も真夏日で、暑かった。駅の近くは人で

ごった返している。夕方近いのに、ムッとする熱気が残っていた。ふと、視線《しせん》を感じて、振《ふ》り返った。少し離《はな》れた場所からミサキを見ている女の子がいる。名前は知らないが、なんとなく見覚えがある。同じ学校の子かもしれない。その女の子はミサキが気づいたのを知ると、くるりと方向を変え、反対側に歩いていった。誰《だれ》かな？　まあいいか・・・・。ミサキは家に帰るため、観光客でにぎわう大通りを避《さ》けて、小さい道に入った。お店が少ないので地元の人しかほとんど通らない道だ。

「ねえ、きみ」

声の方向に目を向ける。大学生くらいの若い男の人がいた。知らない人だった。ミサキは視線《しせん》を戻《もど》すと、そのまま通り過《す》ぎようとした。夏になると、この町には、遊びに来る人が増《ふ》える。知らない人には注意するようにと、小さいころから聞かされていた。

「きみが○○高校の霊感《れいかん》少女でしょう？」

若《わか》い男はミサキの後を追いながら、話しかけた。

「答えてはいけない」ミサキは足を速めた。

「ちょっと僕《ぼく》の話を聞いてくれない？」

男はミサキの後を追ってくる。

「○○高校への道だったら、駅の交番で聞いてください！」

ミサキはそう言うと、早足で駅に戻《もど》った。駅前の人混《ひとご》みを見て、ホッとした。まだついて来ているなら交番に駆《か》け込《こ》もう。振《ふ》り返ると男はいつの間にかいなくなっていた。

そのとき、ミサキの左腕《うで》に突然《とつぜん》、誰《だれ》かが抱《だ》きついてきた。「わぁ」思わず声が出た。

そこには、駅でミサキを見ていた女の子が震《ふる》えていた。

「ごめんなさい」

「どうしたの？　何があったの？」

ミサキはその子に尋《たず》ねて、気づいた。

遠くからミサキたち二人を見ているあの男の視線《しせん》があった。この女の子はたぶんミサキと同じ学校の子だ。もし男が近づいてきたら、この子といっしょに交番に駆《か》け込《こ》もう。近づいて来なくても、交番に行こう。帰り道に不審《ふしん》な男がいると話せば、警察《けいさつ》官《かん》がいっしょに来てくれるだろう。考えが決まったら、ミサキの頭はすっと冷《ひ》えた。ミサキの腕《うで》をつかみながら女の子はがたがた震《ふる》えている。そんなにこわいことがあるのだろうか。どちらにしても、この子に理由を聞かなければ何もわからない。男はミサキたちをじっと見つめていたが、近づいてくることもなく、雑踏《ざっとう》に紛《まぎ》れて消えた。


「ミサキ」

名前を呼《よ》ばれてびっくりした。母だった。仕事が終わったのだろう。にっこりしているが、どことなく疲《つか》れた表情《ひょうじょう》だ。

「どうしたの？　お友だち？　あら、ずいぶん顔色が悪いわね」

母の仕事は看護師《かんごし》だ。体の具合がよくない人はひと目でわかるらしい。ミサキたちを見ると心配そうに眉《まゆ》をひそめた。

「とりあえずいっしょに家に帰りましょう。ミサキ。お友だちの家には、うちから連《れん》絡《らく》しましょう。いいわよね」

母はそっと女の子の手を握《にぎ》った。三人はそこから家までタクシーで帰った。

駅で出会った女の子は「澪《みお》」と名乗った。同じ学年で違《ちが》うクラスの女子だった。澪《みお》の家には母が電話をした。彼女《かのじょ》はミサキの家について落ち着いたようだ。家から迎《むか》えが来るまで、ミサキの部屋で待っていることになった。

「普通の部屋だね」

ミサキの部屋に足を踏《ふ》み入れた彼女《かのじょ》がつぶやいた。

ミサキは冷たいお茶を運びながら苦笑した。

「どんな部屋だと思っていたの？」

「ごめんね。わたしのグループで、ミサキさんを霊感《れいかん》少女とか、不思議な力があるらしい、とか言う人がいて・・・・・」

「あまりいいイメージがないのね」

意外にも彼女《かのじょ》は首を横に振《ふ》って否定《ひてい》した。

「もう少し複雑《ふくざつ》っていうか・・・・憧《あこが》れ？　うーん。ちょっと違《ちが》うなあ。自分もあれくらいの不思議な力なら身につけることができる・・・・対抗意識《たいこういしき》かな。ごめんなさい。上手《じょうず》に言葉にできないけど」

「駅で、わたしの腕《うで》をつかんであやまったよね。それはなぜ？　そのとき、わたしたちを遠くから見ていたあの男の人は誰《だれ》？」

澪《みお》はぶるっと身体を震《ふる》わせた。

「わたしがもし不思議な力を持っているなら、この部屋では、絶対《ぜったい》に澪《みお》さんがこわがるようなことは起こらない。だから話してくれないかな？」

ゆっくりと彼女《かのじょ》が話はじめた。

夏休みに入ってまもなく。澪《みお》たちのグループ三人は、ある有名なパワースポットを訪《おとず》れた。そこは、写メを撮《と》って待ち受けにすると、恋愛《れんあい》運が上がるとか、よい「気」を分けてもらえるという噂《うわさ》のある場所だった。戦国時代の武将《ぶしょう》がつくったと言われている井戸《いど》だ。彼女《かのじょ》たち以外にもたくさんの人たちで賑《にぎ》わっていた。

「ここを撮《と》ったら、次はパワーストーンを探《さが》しに行こうよ」

グループのリーダーの美夏《みか》が言った。美夏《みか》は、パワースポットやパワーストーンの知識《ちしき》があるので、グループの中で頼《たよ》りにされている。

そのときも、行列に並《な》びながら、知っていることをいろいろとみんなに話していたという。

「よく知っているね。すごいなあ」

突然《とつぜん》、声を掛《か》けられた。三人が振《ふ》り向くと、若《わか》い男の人がニコニコと笑っていた。

普段《ふだん》なら知らない男性《だんせい》に声をかけられたら、警戒《けいかい》するのだが、周《まわ》りに人もたくさんいるし、きちんとした服装《ふくそう》をしていて、こわいタイプの人には見えなかったそうだ。

「このスポットは、井戸《いど》のほかにこの方向から『気』が流れているんだ」

Eと名乗った男は自分の左手の平を下に向けてから、ゆっくり上げると、止めた。

「きみたちも、やってみてよ」

美夏《みか》が試《ため》す。

「わあ、冷たい」

美夏《みか》の言葉に、半信半疑《はんしんはんぎ》で澪《みお》たちも手をかざした。ひやりとした空気を手の平に感じた。Eは美夏《みか》に
「それなら、これはわかるかな」

と言うと、右手の人さし指を矢《や》のようにして、美夏《みか》の手の平を指さした。

「なんかチクチクする」

Eは笑顔でうなずいた
「わかるんなら、きみは、ほんものだ」

行列に並《なら》んでいた人の中にも、Eが「気」が流れているといった方向に手をかざして、「ホントに?」「冷たいかも」などと、ささやき合う人が出てきた。

「騒《さわ》ぎになるといけないから、ぼくは帰るね。今日はここにくれば、力のある巫女《みこ》に会えるって天使が言うから・・・来てよかったよ」

Eはそう言うと立ち去《さ》ってしまった。

「なにあれ」

澪《みお》たちのすぐ後ろのグループが言った。

「少しあやしいわよ」

「あなたたち、騙《だま》されちゃだめよ」

後ろのグループは大人の女性《じょせい》たちだった。

「はい、大丈夫《だいじょうぶ》です」

澪《みお》が答えると
「もういいよ、行こう」

美夏《みか》がぷりぷり怒《おこ》ったような声で列から離《はな》れた。

「美夏《みか》」

「ちょっと待ってよ」

澪《みお》たちは美夏《みか》の後を追った。

「美夏《みか》、写メは？」

「もういいよ。後ろのおばさんたち見たでしょ？　あんなおばさんたちが来る場所にパワーなんかないよ。それより早くパワーストーンを買いに行こう」

澪《みお》たちは、森を出た町にあるパワーストーンショップに向かった。

「その店で、Ｅに会った」

ミサキがつぶやいた。澪《みお》は目を丸くした。

「霊感《れいかん》であてたの？」

「違《ちが》うよ、これは推理《すいり》だよ。行列に並《なら》んでいるときに、パワーストーンの話もしていたでしょ。思い出して。たとえば、並《なら》んでいる間に、写メを撮《と》ってから後の行動については話さなかったのかな？」

「そういえば、いっしょにいた千秋《ちあき》が、写メよりパワーストーンの方を楽しみにしていて、早く「○○○」に行きたいってお店の名前も出していた」

「Eがいつから写メ行列の近くにいたかは、わからないけど、きっと目立たないように澪《みお》さんたちの会話が聞こえる場所にいたんだよ」

「でも、Eさんの言った『気』の方向に手をかざしたら、ひんやりした」

「その説明は長くなってしまうから、お店で会ってからのことを教えてくれないかな？」

ミサキが言った。

澪《みお》は駅で会ったときのように小さく震《ふる》えはじめた。

「澪《みお》さん」

ミサキは彼女《かのじょ》の手を取った。

「冷たい『気』はこんなだった？」

彼女《かのじょ》はうなずいた。目を大きく見開いている。

「大丈夫《だいじょうぶ》、ここはわたしの部屋だよ。誰《だれ》もあなたに干渉《かんしょう》することはできない」


パワーストーンショップでEと出会った美夏《みか》は、すっかりEを信じてしまった。最初は、パワーストーンをいろいろ見立ててくれて、千秋《ちあき》も喜んでいた。そのうち、Eは前世を見ることができるから、落ち着いた場所でみんなの前世を見てあげると言われた。千秋《ちあき》は、家の用事があるからと、先に帰ることになって、残ったのは美夏《みか》と澪《みお》だけだった。

「そのときに、美夏《みか》さんがわたしの名前を出したの？」

「うん。美夏《みか》はEに、前世は巫女《みこ》だと言われて、ほんとうに前世が巫女《みこ》ならミサキみたいな力がほしいなって」

Eは美夏《みか》にそんなことはとても簡単《かんたん》だと言った。努力や集中も必要ない。ここでEから「伝承《でんしょう》」を受ければ、誰《だれ》だってできることだ。そう言うと、Eは目をつぶって沈《ちん》黙《もく》した。美夏《みか》と澪《みお》も、リラックスして沈黙《ちんもく》を守るようにと言われた。二十分くらいじっとしていた。澪《みお》はあきあきしてきたが、美夏《みか》が真面目なので我慢《がまん》したと言う。

「さあ、これで回路が開いた。これから、きみたちは高い次元と繋《つな》がる。高い次元に繋《つな》がれば力をもらえるよ」

「高い次元って何?」

美夏《みか》が尋《たず》ねると
「大天使と言えばわかりやすいかな」

Eはニコニコしながら、ブレスレットを出した。

「これは我々《われわれ》のなかまの印だ。いつも身につけていてね」

ライン を交換《こうかん》して、その日は別れた。

「それから、Eから毎日何回もラインが来るの。悩《なや》んでいることは、こうしなさい。こんな人とはつきあってはいけないとか、まるで操《あやつ》られているみたい。美夏《みか》はEのアドバイスがあたると言って、学校のできごとをいろいろ相談《そうだん》している。わたしはもうイヤ。でもEにじっと見られているような気がしてこわい。悪い夢《ゆめ》を見た朝に、すぐに魔除《まよ》けをしなさいとか、なにも知らないはずのEからラインが来る。今日もオープンキャンパスで会ってしまって」

澪《みお》はミサキの手をつかんだ。目にうっすら涙《なみだ》を浮《う》かべている。

「ごめんなさい。今日、Eにもうわたしには構《かま》わないでと言ったら、ミサキが誰《だれ》か教えたら、なかまから外してやるって」

「なるほど」ミサキは思った。先ほどから、窓《まど》の外によくない気配を感じていた。澪《みお》がこわがるから言わなかったが、部屋の中をのぞきこむように、うろうろする灰色《はいいろ》の影《かげ》が見える。澪《みお》と美夏《みか》に渡《わた》したブレスレットに、念《ねん》を籠《こ》めたのだろう。Eが何者かは、わからない。でも生き霊《りょう》を意識的《いしきてき》に飛ばせる相手は、少しやっかいだ。

「まるで心霊《しんれい》ストーカーだ」ミサキは思った。

「澪《みお》さん、Eからもらったブレスレットを出して」

澪《みお》はブレスレットをミサキに手渡《てわた》した。ずるり。蛇《へび》のような手触《てざわ》りがした。水晶《すいしょう》らしいが、すがすがしさは感じられない。

「澪《みお》さん、ほんとうにEと縁《えん》を切りたい？」

「はい」

「いまここで、いっしょに美夏《みか》さんを救《すく》うことはできないかもしれない」

澪《みお》はうつむいた。

「それでもいいいなら」

「お願いします」

遠くで雷《かみなり》の音がする。雲が厚《あつ》くなるにつれ、部屋は暗くなっていく。ミサキは彼女《かのじょ》に護符《ごふ》を渡《わた》した。

「何が起きても声をたてないで」

護符《ごふ》といっしょに岩塩のかけらも渡《わた》す。

「こわいことが起きたら、これを力いっぱいぶつけて」

ごろごろ　遠雷《えんらい》は地の底から聞こえてくるようだ。

ますます部屋は暗くなった。

ミサキは真言《しんごん》をつぶやきながら、窓《まど》に近づいた。数珠《じゅず》は手首に巻《ま》き、金剛杵《こんごうしょ》を持った。もう片方《かたほう》の手にブレスレットと岩塩をつかんでいる。べたり。窓《まど》の外に灰色《はいいろ》の影《かげ》が大きくはりついた。

「夕立が来るのかなあ」

ミサキはわざとのんきそうに窓《まど》に手をかけた。ずるずる。ブレスレットがうごめく。

ばんっ。灰色《はいいろ》の塊《かたまり》が窓《まど》にぶつかってきた。ミサキは一気に窓《まど》を開けた。ムッとするにおいといっしょに、窓《まど》いっぱいの灰色《はいいろ》の顔があった。分厚《ぶあつ》い口元が大きく開き、濁《にご》った声を発した。

「やぁあああ、きみたちぃい」

ミサキは真言《しんごん》を唱《とな》えながら、両手をその口に突《つ》っ込《こ》んだ。ぼふと音がして口が閉じた。

「ふん」

鼻息《はないき》も荒《あら》く、灰色《はいいろ》の顔は目を閉《と》じ笑ったが、すぐ苦しそうに顔をゆがめ、大きく口を開いた。金剛杵《こんごうしょ》がだらりとした青黒い舌《した》を切り裂《さ》いている。ミサキはすばやくブレスレットと岩塩を顔に向かって投げつけた。

「去《さ》れ！　もうおまえにはなにも見えない！」

ぱちぱちぱちぱち。追い打つように、窓《まど》に向かって四方から火花が飛ぶ。澪《みお》が岩塩を投げつけたのだ。きゅるきゅるきゅるきゅる。灰色《はいいろ》の顔は、渦《うず》に巻《ま》き込《こ》まれるように窓《まど》の外に消えた。冷たい風が入ってきた。ミサキはホッと息をついた。

「これで大丈夫《だいじょうぶ》。早く手を洗《あら》いたい」

「本当に大丈夫《だいじょうぶ》？」

「うん。塩を投げてくれてありがとう。澪《みお》さんとわたしは完全にアレの意識《いしき》から消えた」

まだ少し心配そうな澪《みお》にミサキが言った。

「生き霊《りょう》が傷《きず》つくと、本体にもダメージが届《とど》く。たぶんもう美夏《みか》さんへもラインは送れないと思うよ」

◎清正井（きよまさのいど）

東京都渋谷区・明治神宮内御苑《ぎょえん》にある井戸《いど》

　毎分六十リットルの水が湧《わ》き出ています。伝説では加藤清正《かとうきよまさ》が掘《ほ》った井戸《いど》とされていますが、真実は不明です。普通《ふつう》の井戸《いど》は下に地面を掘《ほ》っていきますが、清正井《きよまさのいど》は横井戸《いど》という特殊《とくしゅ》な形をしています。そのため、「土木の神様」と言われた加藤清正《かとうきよまさ》がつくったのではないかという伝説が生まれたそうです。二〇〇九年パワースポットとしてテレビで紹介《しょうかい》されました。写メを撮《と》って、携帯《けいたい》の待ち受け画面にすると、運気が上がるということでした。翌日《よくじつ》から、行列ができる人気スポットになりました。明治神宮の御苑《ぎょえん》は、十六時三十分が閉園《へいえん》です。大人気だったときは、十四時に入園しても、行列が長すぎて、井戸《いど》にたどりつけないため、入り口に「いまから入苑《にゅうえん》しても、清正井《きよまさのいど》はご覧《らん》になれません」の注意書きがあったそうです。現在《げんざい》、ブームは少し落ち着きましたが、逆《ぎゃく》に「行くとやばい」「あまりにも多くの人の願望《がんぼう》がうごめいていて負のパワースポットになっている」「午後二時を過《す》ぎると陰《いん》の気が流れている」などの都市伝説がささやかれる場所になってしまいました。御苑《ぎょえん》と清正井《きよまさのいど》は都会の真ん中にある静かな森です。パワースポットは、願い事をする場所ではありません。水や森のエネルギーを感じることで、疲《つか》れた心や体をいやすことが目的です。願いごとなどは、忘《わす》れて訪《おとず》れてみてはいかがでしょう。

絹《きぬ》の道

東京都八王子市●四国●和歌山

立秋を過《す》ぎたとはいえ、まだまだ昼間の暑さは衰《おとろ》えない。そんな日のことだった。

ミサキは図書館で調べ物をしていた。

「度会《わたらい》さん」

呼《よ》びかけられて振《ふ》り向く。

「ちょうどよかった」

部活動の先輩《せんぱい》、三年生の吉野《よしの》けいこさんが、本を抱《かか》えてニコニコ立っていた。

「話したいことがあったんだ。この間、課題を調べに出かけた先で、少し不思議なことがあってね」

吉野《よしの》さんの部活動の課題は「養蚕《ようさん》と人々の暮《く》らし」だ。

小さいころに遊びにいった親戚《しんせき》の家で真っ白な蚕《かいこ》をみて、冷《ひ》やっとした手触《てざわ》りを不思議に思ったのがきっかけだそうだ。親戚《しんせき》の人たちは蚕《かいこ》を「おかいこさん」と呼《よ》んでとても大切にしていた。蚕《かいこ》の餌《えさ》は新鮮《しんせん》な桑《くわ》の葉だ。それしか食べない。小さい蚕《かいこ》のために、一日に何度も桑《くわ》を採《と》りに行く。細かい世話をしている様子は可愛《かわい》がっているとさえ感じられた。彼女《かのじょ》は、どちらかといえば、昆虫《こんちゅう》は苦手《にがて》だったのだが、カシュカシュと小さな音をたてて、桑《くわ》を食べる蚕《かいこ》を見ているうちに、すっかり気に入ってしまったそうだ。

図書館でのおしゃべりはまわりに迷惑《めいわく》だ。二人は図書館を出て、大きな木が陽射《ひざ》しをさえぎっているベンチに座《すわ》った。


吉野《よしの》さんは、蚕《かいこ》好きになったきっかけの伯母《おば》さんの家に今年も出かけた。

伯母《おば》さんの家は、大規模《だいきぼ》な養蚕《ようさん》はしていないけれど、趣味《しゅみ》でほんの少しだけ蚕《かいこ》を飼《か》っているそうだ。吉野《よしの》さんは、夏休みに「おかいこさん」に会いにいくのを楽しみにしていた。今年はほかにも、親戚《しんせき》の子どもたちがいっぱい集まって賑《にぎ》やかだった。幼稚園児《ようちえんじ》くらいの子どももいて、吉野《よしの》さんも、子どもたちの世話で、大忙《おおいそが》しの伯母《おば》さんを手伝ったという。

その日、吉野《よしの》さんは、子どもたちといっしょに縁側《えんがわ》でとうもろこしの皮《かわ》をむいていた。夏の日が少し傾《かたむ》いて、ヒグラシが鳴《な》きはじめていた。

「あっ、いけない。忘《わす》れていた」

伯母《おば》さんが叫《さけ》んだ。

「どうしたんですか？」

そう尋《たず》ねた吉野《よしの》さんに伯母《おば》さんは困《こま》った顔で言った。

「お蚕《かいこ》さんの桑《くわ》を採《と》ってこなければ」

桑《くわ》の木は庭の裏手《うらて》に生えている。吉野《よしの》さんはいままでにも手伝ったことがあるから、どんな葉をどれだけ採《と》ればいいのかわかっていた。

「伯母《おば》さん、わたしが採《と》ってこようか？」

伯母《おば》さんはこれから、大人数の夕食を準備《じゅんび》しなければならない。食事の支度《したく》を手伝うよりも桑《くわ》を採《と》る方が簡単《かんたん》だと思った。

「それがねえ、家の裏《うら》の桑《くわ》の木は少し休ませるから、もう少し遠くの桑畑《くわばたけ》へ行かなきゃならないの」

「遠くってどこですか？」

「郵便局《ゆうびんきょく》の通りまで出て、コンビニの隣《となり》がうちの桑畑《くわばたけ》」

どれだけ遠いのか、と考えていた彼女《かのじょ》は思わず笑ってしまった。

ゆっくり歩いても片道《かたみち》二十分もかからない。それにコンビニのある通りは、伯母《おば》さんの家の周《まわ》りよりも、賑《にぎ》やかな場所だった。これから行っても暗くなる前に戻《もど》ってこられる。

「わたし、行ってきます」

吉野《よしの》さんは気軽に縁側《えんがわ》から飛び降《と》りた。

「ありがとう。仕事を頼《たの》んでしまって、悪いわねえ」

伯母《おば》さんは、桑《くわ》の木を切る道具と背負《せお》う籠《かご》を渡《わた》してくれた。

「気をつけていってらっしゃいね」

コンビニには昨日も、親戚《しんせき》の子どもたちといっしょに歩いて行った。小さい子を連れているといろいろと注意しなければならない。かえって一人の方が気楽で良かった。

無事に桑《くわ》を採《と》っての帰り道。そんなに時間をかけたつもりはなかったが、日が暮《く》れはじめていた。夏休みだからだろうか、道を通る自動車の数も少ない。コンビニの明かりから遠ざかると急に薄暗《うすぐら》くなった。なんだか急に暗くなったような気がする。早く帰ろうと足を速めた。

かぽかぽ。後ろから耳慣《な》れない音が聞こえた。ゆっくりとした音が後からついてくる。かぽかぽ。「なんだろう？」郵便局《ゆうびんきょく》が見えてきた。伯母《おば》さんの家には、その先の四つ角を左に曲がって少し細い道に入る。細い道にまでついてきたら、少しこわいかもしれない。彼女《かのじょ》はますます足を速めた。音は、ずっとペースを乱《みだ》さずについてくる。どこかで聞いたことがある。彼女《かのじょ》の頭の中に、突然《とつぜん》馬のイメージがひらめいた。馬だ。動物園で乗せてもらったとき、あんな足音だった。このあたりに乗馬クラブがあるとは聞いたことはない。それにいまどき、馬に乗って出歩く人がいるのだろうか。そんなことを考えたとき。

「ふふふ」

自分の頭の上の方から小さい笑い声がした。馬に乗っている人のものだ。声は小さいが耳元でささやかれたような気がして、ゾッとした。

振《ふ》り向いてはいけない。なぜかそう思う。四つ角を曲がると、伯母《おば》さんの家まで一気に走った。

その晩《ばん》、食卓《しょくたく》で仕事から帰ってきた伯父《おじ》さんが言った。

「四つ角で、電柱にぶつかって田んぼに落っこちた車がいて、通るのに時間がかかった。ケガ人が出ていなければいいが」

四つ角という言葉を聞いて、吉野《よしの》さんの表情《ひょうじょう》がかわったのだろう。

「けいちゃん、どうした？」

伯父《おじ》さんが尋《たず》ねた。

「けいちゃんには、今日、あっちの畑まで桑《くわ》を採《と》りに行ってもらって」

伯母《おば》さんがすまなそうに言った。

「大丈夫《だいじょうぶ》です。何でもありません」

吉野《よしの》さんは不思議な音について、何も言わなかった。なぜか頭の中に四つ角にいる真っ黒い馬に乗った女性《じょせい》のイメージが浮《う》かんだ。

「そんな妖怪《ようかい》、ミサキさんは心あたりない？」

吉野《よしの》さんは、気になるので図書館で民俗学《みんぞくがく》や言い伝えの本を探《さが》していたそうだ。

「馬に首が無かったら、夜行さんがいますね」

「和歌山県の妖怪《ようかい》でしょう。ここ関東だし。それにこわくて振《ふ》り向けなかったから馬の首はわからない。笑い声は、女の人の声だった。まだ耳に残っているわ」

吉野《よしの》さんは、顔の前で小さく手を合わせるとミサキに言った。

「度会《わたらい》さん。わたし夏休みが終わる前に、もう一度伯母《おば》さんのところに行く約束をしているの。つき合わせて悪いけれど、いっしょに行ってくれない？」

ミサキは戸惑《とまど》った。

「伯母《おば》さんの手伝いが昼間なら大丈夫《だいじょうぶ》じゃないですか？」

吉野《よしの》さんが不安そうに言った。

「伯母《おば》さんの手伝いは昼間だけど、なんだか、また出遭《であ》ってしまうような気がして」

繭《まゆ》から生糸《きいと》をとる作業を手伝いに行く約束をしているそうだ。

伯母《おば》さんの住んでいる町は、かつて「桑都《そうと》」と呼《よ》ばれたほど、養蚕《ようさん》業が盛《さか》んだった。

いまは蚕《かいこ》を飼《か》っている家もだいぶ少なくなってしまったそうだ。伯母《おば》さんのように蚕《かいこ》を育てて繭《まゆ》から糸にするまでの一連の作業をよく知っている人も少なくなっている。

地域《ちいき》の産業を知るイベントとして、伯母《おば》さんの家から少し遠い場所の資料館《しりょうかん》で見学者を集めて、実演《じつえん》がおこなわれる。吉野《よしの》さんは実演《じつえん》の手伝いを頼《たの》まれていた。イベントが終わるのは午後三時過《す》ぎ。伯母《おば》さんは、片《かた》づけなどがあるから、資料館《しりょうかん》から自宅《じたく》までは、別々に帰ることになっていた。

「せっかくここまで来たのだから、ついでに近くにある昔絹《きぬ》を運んだ古い街道を歩いてみようと思っているの」

保存《ほぞん》されている絹《きぬ》の道は、約一・五キロ。三時過《す》ぎならまだ明るい。その道を資料《しりょう》館《かん》から鑓水峠《やりみずとうげ》まで歩き、また資料館《しりょうかん》に戻《もど》って、市内へ向かうバスを待っても午後五時くらいだろう。暗くはならない。そんな計画だった。あの笑い声を聞くまでは、一人でも大丈夫《だいじょうぶ》だと思っていた。

「一人で歩くのがこわくなってしまって・・・・手伝いを断《ことわ》るのは伯母《おば》さんに迷惑《めいわく》がかかる。やっぱり絹《きぬ》の道も歩きたい。そこで、考えたの。うちの部には、度会《わたらい》ミサキさんがいるじゃないか。いっしょに行ってもらえばいいと思いついたの。お願いします」

もう一度吉野《よしの》さんは、ミサキに手を合わせた。

結局、彼女《かのじょ》の頼《たの》みに負けて、いっしょに出かけることになった。

その日、イベントは三時過《す》ぎに無事に終了《しゅうりょう》した。伯母《おば》さんの知り合いも見学に来ていて、市内まで車で送ってあげようかと言われたが、

「絹《きぬ》の道を通ってみたいので」

と吉野《よしの》さんが断《ことわ》った。

「絹《きぬ》の道？　まだ明るいから大丈夫《だいじょうぶ》だと思うけど、注意するのよ」

伯母《おば》さんも、伯母《おば》さんの知り合いもそう言った。吉野《よしの》さんとミサキは、資料館《しりょうかん》の前の舗装《ほそう》道路から、峠《とうげ》を目指して歩き出した。少し行くと、石がゴロゴロした道に変わる。幅《はば》は車一台と人が通れるくらい。この道は車立ち入り禁止《きんし》だ。道に残る轍《わだち》の跡《あと》は、昔の荷車の跡《あと》もあるのだろうか。

「意外に細い道だね」

吉野《よしの》さんが言った。

「馬や人がたくさん通った道とは思えないね」

周囲はガサガサした木が茂《しげ》るヤブだ。

道はゆっくりと登りになっていく。向こうから犬を散歩させている女性《じょせい》が歩いて来た。

「すみません。絹《きぬ》の道の石碑《せきひ》はもう少し先ですか？」

吉野《よしの》さんが尋《たず》ねた。

「ええ、少し先の峠《とうげ》にありますよ。でも、石碑《せきひ》を見たら、暗くなる前に引き返したほうがいいわよ」

近くに肝試《きもだめ》しで有名な心霊《しんれい》スポットもあるから、気にしてくれたのかな。まだ明るい。わたしたちの足なら、すぐに峠《とうげ》に着けるようだ。

石碑《せきひ》は新しいものだった。絹《きぬ》の道は市の史跡《しせき》になっている。そのときに建てられたものなのだろう。

「ねえ、ミサキ、この階段《かいだん》の上にも行くよ」

彼女《かのじょ》は、ミサキに声をかけるとさっさと先に行く。

「え、この先は」

ミサキが言うより早く、

「わたしもこの上が心霊《しんれい》スポットだっていう噂《うわさ》は知っているよ。でも、絹《きぬ》の道が繁栄《はんえい》していたときに、とても信仰《しんこう》されていたお堂《どう》の跡《あと》だから・・・。」

「仕方ないなあ」ミサキも後を追った。お堂《どう》の跡《あと》は、公園になっている。石碑《せきひ》や地蔵《じぞう》が残っていた。割《わ》れたところを修復《しゅうふく》した跡《あと》がある。

「さびしい場所だけど、なんだかあっけないね。ミサキ、今日はありがとう。やっぱり一人では来れなかったよ」

「よかったです」

二人は来た道を資料館《しりょうかん》へ引き返す。夏の日が傾《かたむ》きはじめていた。

かぽかぽ。二人は思わず、顔を見合わせた。後ろからかすかに蹄《ひずめ》の音がした。

「この音」

吉野《よしの》さんがささやいた。確《たし》かに馬の蹄《ひづめ》の音のようだ。

「どうする？」ミサキは考えた。イヤなにおいはしない。でもいままで出会ったことのない気配だ。ミサキは歩きながら護符《ごふ》を出した。

「先輩《せんぱい》、これを」

ミサキが今日のために用意したものだ。

かぽかぽ。足音はその間もついて来ている。

「ふふふふ」

若《わか》い女性《じょせい》の笑い声が耳に響《ひび》いた。

「先輩《せんぱい》、ゆっくり道の端《はし》に寄《よ》りましょう」

「夜行《やぎょう》さんなら、ヤブを向いて座《すわ》れば、やりすごせると思います」

二人は道の端《はし》に、ゆっくりしゃがみ込《こ》んだ。

かぽかぽ。「このまま何ごともなく通り過《す》ぎて」ミサキは数珠《じゅず》を握《にぎ》りしめた。吉野《よしの》さんも真剣《しんけん》に両手を組んで祈《いの》っていた。

ざくっざくっ。後ろをゆっくりと蹄《ひづめ》が砂利《じゃり》を踏《ふ》む音が通り過《す》ぎて行く。

いけると思ったとき、峠《とうげ》の下から数台のスクーターのエンジン音が駆《か》け上って来た。

ダメ。ミサキが思うよりも早く、急ブレーキの音がした。ざざざっと。峠《とうげ》道の砂利《じゃり》を削《けず》りながら、転倒《てんとう》する音が大きく響《ひび》いた。

「先輩《せんぱい》は、このままで」

ミサキたちの少し先に、大きな黒い馬にまたがった人影《ひとかげ》がある。その前で、転倒《てんとう》したスクーターが一台と人がいた。

転倒《てんとう》を免《まぬが》れて、慌《あわ》てて転回して逃《に》げていくスクーターが二台見えた。

「あははは」

馬に乗った女は、笑いながら馬の首をなでた。次の瞬間《しゅんかん》、空を切るようなスピードで逃《に》げるスクーターを追って行った。

「大丈夫《だいじょうぶ》ですか？」

ミサキはスクーターの傍《かたわら》に、倒《たお》れていた人に声をかけた。

「いまのは、いったい・・・・」

ヘルメット姿《すがた》のまま、足を引きずりながら、スクーターを引き上げると、来た方向に走り去《さ》った。

「これでわたしたちは大丈夫《だいじょうぶ》なのだろうか、とりあえず、先輩《せんぱい》のところに戻《もど》ろう」

吉野《よしの》さんは、道にたたずんでいた。

「いまのうちに急いで帰りましょう」

ミサキが促《うなが》す。

「うん。でも」

彼女《かのじょ》はうなだれたまま、手だけでミサキの後ろを指さした。

振《ふ》り向くと、黒い馬がそこにいた。

「ふふふふ」

馬にまたがっているのは、長い黒髪《くろかみ》の若《わか》い女性《じょせい》だ。白い顔、口には紅《べに》をつけて、着物を着ている。

昔のお姫様《ひめさま》のようだ。ミサキは思わず息をのんだ。こんなに近くではっきりと妖怪《ようかい》に出会ったことはない。心臓《しんぞう》がどきどきする。吉野《よしの》さんも同じだろう。

「おまえの名は」

姫《ひめ》が尋《たず》ねた。妖《あやか》しに名前を教えてはいけない。

ミサキは「ダメです。先輩《せんぱい》。何も答えないで」と心の中で叫《さけ》んで、吉野《よしの》さんの手を握《にぎ》った。

「おまえの名は」

馬は答えを促《うなが》すように大きく首を振《ふ》った。いななきが聞こえるようだ。ミサキは覚《かく》悟《ご》を決めた。

「あなたの名は？」

逆《ぎゃく》に問いかけた。姫《ひめ》は黒目がちな大きい目を見開いた。はじめてミサキに気がついたような表情《ひょうじょう》だった。

「・・・金色《こがね》」

姫《ひめ》の口から答えが返ってきた。

馬が再《ふたた》び不満そうにいなないた。邪悪《じゃあく》なモノの雰囲気《ふんいき》はない。ほんとうに妖怪《ようかい》なのだろうか。

「金色姫《こがねひめ》？」

さっきから頭の中にひっかかっていることがある。姫《ひめ》と馬、どこかで知っているような気がした。

馬の首にもたれるように、ぐーっと金色姫《こがねひめ》の顔が近づいてきた。なんて真っ白な顔なのだろう。まるで蚕《かいこ》のようだと二人は思った。

「あっ」

ミサキと吉野《よしの》さんがいっしょに叫《さけ》んだ。

「オシラ様！」

馬がいななきながら、前足をはずませた。金色姫《こがねひめ》の口元もわずかにほころんでいる。姫《ひめ》と馬の周《まわ》りにわずかに漂《ただよ》っていた荒《すさ》んだ気配が、すっと鎮《しず》まっていく。

「オシラ様。養蚕《ようさん》の神。家を守る神」

吉野《よしの》さんがつぶやいた。

その声が、人々の記憶《きおく》から薄《うす》れてしまった金色姫《こがねひめ》の悲しみを癒《いや》やすかのように、やわらかい光に覆《おお》われていく。

「我《われ》を知る者たちが、まだおったか・・・・」

するすると美しい幻《まぼろし》は、ゆっくり消えていく。

そのとき、ミサキの耳にだけ金色姫《こがねひめ》の声が聞こえた。

「ふふふふ。おまえは丑寅御前《うしとらのみさき》であろう。また会うおりもあろう」

※「オシラ様」

主に東北地方で信じられていた神。桑《くわ》の木を棒状《ぼうじょう》にして、男女または姫《ひめ》と馬の顔を刻《きざ》んだ二体で一対の神です。養蚕《ようさん》の神、家の守り神とも言われていますが、詳《くわ》しいことはわかっていません。神社に祀《まつ》られている神とは違《ちが》い、家で女性《じょせい》が主体となって祀《まつ》られます。民間で信じられた小さな神で、祭りのことを「遊ばせる」「オシラ遊ばせ」と言いました。オシラ遊ばせの日には、新しい着物をオシラ様に重ねて着せます（上から布《ぬの》を巻《ま》きつける）、長い年月を経《へ》たオシラ様は、何枚《まい》もの布《ぬの》に覆《おお》われて顔が見えないものもあります。柳田国男《やなぎたくにお》の「遠野物語」に詳《くわ》しく書かれています。

◎**八王子城址《じょうし》**

国の史跡《しせき》で、日本一〇〇名城《めいじょう》に選定されています。戦国時代の山城《やまじろ》です。城跡《しろあと》は現在《げんざい》、公園になっていますが、落城《らくじょう》の状況《じょうきょう》が悲惨《ひさん》だったことから、戦国時代の霊《れい》が出ると噂《うわさ》されています。八王子城《じょう》は北条《ほうじょう》氏の三男北《ほう》条氏照《じょううじてる》の居城《きょじょう》でした。豊臣秀吉《とよとみひでよし》の小田原征伐《せいばつ》の際《さい》、約一万五千の豊臣《とよとみ》の軍《ぐん》勢《ぜい》に攻《せ》められ、落城《らくじょう》したと言います。

八王子城《じょう》が攻《せ》められたとき、城主《じょうしゅ》はじめ、主な家臣、将兵《しょうへい》は小田原の本城《ほんじょう》にいました。城《しろ》を守っていたのは、わずかな数の将兵《しょうへい》と城主《じょうしゅ》の正室、家臣の家族の婦女子《ふじょし》、城《しろ》に逃《のが》れた領《りょう》民《みん》でした。約三〇〇〇人と言われています。

城攻《しろぜ》めは、豊臣《とよとみ》方の圧倒的《あっとうてき》な軍勢《ぐんぜい》による力押《お》しでした。当時の城攻《しろぜ》めは、降《こう》伏《ふく》して城《しろ》を引き渡《わた》せば、城主《じょうしゅ》の命と引き替《か》えに、女性《じょせい》や領民《りょうみん》など、多くの人々は許《ゆる》されることが多かったそうです。

しかし八王子城《じょう》については、小田原城《じょう》に籠《こ》もる北条《ほうじょう》方への見せしめのため、殲滅戦《せんめつせん》がおこなわれたそうです。勝敗はその日の内に決まり、城は陥落《かんらく》しました。落城《らくじょう》のとき、御主殿《ごしゅでん》にいた婦女子《ふじょし》の多くは城《しろ》を流れる川にある滝《たき》の上流で自害《じがい》、あるいは次々を滝《たき》に身を投げたと言われています。滝《たき》は三日三晩《ばん》、血の色に染《そ》まったと言われます。麓《ふもと》の村には城山川の水で米を炊《た》けば、赤く米が染《そ》まったと伝わっています。現代《げんだい》でも、先祖供養《せんぞくよう》にあずきの汁《しる》で米を炊《た》いた「あかまんま（赤飯）」をつくり、霊《れい》をなぐさめる風習があるそうです。

江戸時代、八王子城跡《じょうあと》は、天領《てんりょう》（徳川《とくがわ》家の直轄地《ちょっかつち》）となったため、田畑などはつくられず、うっそうと茂《しげ》った山城跡《やまじろあと》のまま放置《ほうち》されていました。おそらくその影響《えいきょう》なのでしょう。すでに江戸時代に読み物には「落城《らくじょう》の日は人馬、鉄砲《てっぽう》、女の叫《さけ》び声が聞こえ、里の者は恐《おそ》れて近寄《ちかよ》らない」などの話が伝わっています。現代《げんだい》になっても、御主殿《ごしゅでん》の滝《たき》には、自害した女性《じょせい》の霊《れい》がうごめいている。城址《じょうし》に足を踏《ふ》み入れると武者《むしゃ》や生首を目撃《もくげき》する。すすりなく声、ガチャガチャという甲冑《かっちゅう》の音が聞こえるなど、多くの噂《うわさ》があります。

心霊《しんれい》スポットと言われていますが、史跡《しせき》として当時の建物や堀《ほり》、石垣《いしがき》の一部が復元《ふくげん》されています。緑豊《ゆた》かな場所のため、昼間は散策《さんさく》に訪《おとず》れる人も多く、トイレなどの設備《せつび》も整っていますが、夜の訪問《ほうもん》は危険《きけん》です。夜になると城跡《じょうし》の入り口には、武者《むしゃ》の霊《れい》が門番のように立ちふさがっているそうです。門番の武者《むしゃ》の霊《れい》が見えないときも、安心してはいけません。わざと門を開いて招《まね》き入れているので、もっとおそろしい霊《れい》が出ると噂《うわさ》されています。

◎絹《きぬ》の道（東京都八王子市）

一八五九年（安政《あんせい》六年）横浜港が開港され、輸出《ゆしゅつ》がはじまると日本の生糸《きいと》が横浜から大量に欧米《おうべい》に輸出《ゆしゅつ》されました。当時の八王子は関東周辺《しゅうへん》、多摩地域《ちいき》の生糸《きいと》の集積地でした。八王子から横浜へ生糸《きいと》が送られるようになります。このとき八王子「遣水《やりみず》」地区の商人が生糸《きいと》仲買として大きな利益《りえき》をあげました。彼《かれ》らは「遣水商人《やりみず》」と呼《よ》ばれました。生糸《きいと》は馬や人力で、遣水峠《やりみずとうげ》を越《こ》えて、境川沿《ぞ》いに原町田を経《へ》て、横浜港へと向かいました。この道を絹《きぬ》の道と言います。鉄道が発達する明治中ごろまで、ひんぱんに使われました。一八九九年（明治二十二年）に甲武《こうぶ》鉄道（現在《げんざい》のJR中央本線）が開通すると、次第に衰《おとろ》え、一九〇八年（明治四十一年）に街道と並行《へいこう》して横浜鉄道（現在《げんざい》のJR横浜線）が開通すると、絹《きぬ》の道は本格的に衰退《すいたい》しました。現在《げんざい》、遣水峠《やりみずとうげ》から資料館《しりょうかん》までの約一・五キロが、八王子指定史跡《しせき》「絹《きぬ》の道」として残っています。人通りの少ない道ですので、昼間でも一人歩きは危険《きけん》な雰囲気《ふんいき》です。街道として使われていた当時も、日が暮《く》れると生糸《きいと》や生糸《きいと》の売買で得たお金を狙《ねら》う追いはぎや強盗《ごうとう》が出ると言われていました。現代《げんだい》でも、絹《きぬ》の道では、後ろから足音がついてくる。ヤブからじっと誰《だれ》かに見られているような感じがする、などの噂《うわさ》があります。

◎道了堂跡《どうりょうどうあと》（現在《げんざい》は大塚山《おおつかやま》公園）

絹《きぬ》の道の途中《とちゅう》にあります。心霊《しんれい》スポットとして有名です。公園といっても、遊具などは一切ありません。地蔵《じぞう》や石碑《せきひ》が残るさびしい場所です。道了堂《どうりょうどう》は明治六年遣水《やりみず》商人により建立《こんりゅう》されました。道了堂《どうりょうどう》は願いを叶《かな》える力が強いと信じられた「道了尊《どうりょうそん》」（修験道《しゅげんどう》を極《きわ》めた僧《そう》〔道了《どうりょう》〕死後は天狗《えんぐ》となり、人々を救済《きゅうさい》する守護者《しゅごしゃ》となった）を祭ったお堂でした。最盛期《さいせいき》は、桜《さくら》の名所として数件《けん》の茶店があり、多くの人で賑《にぎ》わったそうです。「絹《きぬ》の道」が使われなくなってからも、戦時中は兵士の無事な帰還《きかん》を祈《いの》る人たちで賑《にぎ》わっていたそうです。戦後になり、道了堂《どうりょうどう》はさびれていきます。昭和三十八年殺人事件《じけん》（堂守《どうもり》の老女殺害事件《じけん》）があり、昭和五十八年に不審《ふしん》火が出たため、解体《かいたい》されました。その後、一九七三年大学助教授《じょきょうじゅ》が教え子を殺害し、道了堂《どうりょうどう》近くの山林に死体を遺棄《いき》した事件《じけん》が起こります。助教授《じょきょうじゅ》は家族と無理心中してしまいます。そのころから、道了堂跡《どうりょうどうあと》が心霊《しんれい》スポットである噂《うわさ》がささやかれはじめました。老婆《ろうば》の霊《れい》が暗闇《くらやみ》にふわふわと浮《う》いている。殺された女性《じょせい》の霊《れい》が後をつけてくる。などの噂《うわさ》です。噂《うわさ》を確《たし》かめようと、深夜に訪《おとず》れる人が増《ふ》えたそうです。肝試《きもだめ》しに来た人の中には、残されていた地蔵《じぞう》の首を落とす、石碑《せきひ》を割るなどの破壊行為《はかいこうい》をする人もいました。「首なし地蔵《じぞう》」に触《ふ》れると祟《たた》られるという怪談《かいだん》が話題になりました。現在《げんざい》の道了《どうりょう》堂跡《どうあと》には首なし地蔵《じぞう》はありませんが、首と身体の石の色が違《ちが》う地蔵《じぞう》があるそうです。

◎妖怪《ようかい》 夜行《やぎょう》さん

四国地方（徳島県に多い）、和歌山県、東京都八王子市に出現《しゅつげん》すると言われる妖怪《ようかい》。大晦日《おおみそか》、節分、庚申《こうじん》の日、陰陽道《おんみょうどう》で決まった忌《い》み日（月毎《ごと》に決まっているもの忌《い》みの日）にあらわれます。

四国地方の夜行《やぎょう》さんは、一つ目の鬼《おに》で首きれ馬（首のない馬）に乗って歩き回っています。出会ってしまった場合、夜行《やぎょう》さんに投げ飛ばされる、あるいは、馬に蹴《け》り飛ばされると言います。夜行《やぎょう》さんに触《ふ》れられると、病気になったり、家に凶事《きょうじ》が起こるそうです。夜行《やぎょう》さんが徘徊《はいかい》する日は夜の外出を戒《いまし》める日と言い伝えられています。

東京都八王子市の夜行《やぎょう》さんは、首なし馬に長い黒髪《くろかみ》のお姫様《ひめさま》が乗っています。満月の夜にあらわれ、出会った人を不幸にするそうです。

姫《ひめ》と馬の夜行《やぎょう》さんには、こんな言い伝えがあります。戦国時代、このあたりには高月城《じょう》という北条《ほうじょう》方のお城《しろ》がありました。豊臣秀吉《とよとみひでよし》の小田原征伐《せいばつ》のとき、近くにある八王子城とともに、高月城《じょう》も攻《せ》められました。落城《らくじょう》が近いと知った高月城《じょう》では、城主《じょうしゅ》の姫《ひめ》を馬に乗せ、密《ひそ》かに逃《に》がしました。けれど姫《ひめ》は敵兵《てきへい》に見つかり、馬といっしょに討《う》たれてしまいました。その恨《うら》みで夜行《やぎょう》さんとなったそうです。また、養蚕《ようさん》の盛《さか》んだった八王子には、かつて「オシラ様」を信じている家があり、忘《わす》れられた神が、やがて夜行《やぎょう》さんになったのではないかと考える説もありますが、どちらが正しいのかは、わかりません。

呼《よ》ぶ声

霧ヶ峰（長野県）●月山（山形県）●奥多摩（東京都）●全国の山

八月中旬《ちゅうじゅん》、旧暦《きゅうれき》のお盆《ぼん》が過《す》ぎた。夏休みも終わりに近づいている。まだ日が高いうちは暑い。体感では午後二時ころがいちばん暑いと感じる。

そんななか、ミサキを訪《たず》ねてきた友人がいた。

保臣《やすおみ》の姉の杏子《きょうこ》だった。杏子《きょうこ》は写真部に所属《しょぞく》している。副部長だ。

一昨日まで、部活動の撮影《さつえい》合宿に行っていたそうだ。今年は、ある高原に高山植物の撮影《さつえい》に行ったと話した。

「高原のお土産《みやげ》を届《とど》けに来たよ」

「暑いのに、ありがとう。あがって。」

ミサキは杏子《きょうこ》から、何か物言いたげな感じを受け、誘《さそ》った。

「合宿で不思議なことがあってね、話を聞いてほしかったの」

高山植物の撮影《さつえい》は、ロープウエイで登れる場所を選んだ。本格的《ほんかくてき》な登山はみんな経《けい》験《けん》がないからだ。顧問《こもん》の先生のほかに、先生の友人で山登りの経験豊富《けいけんほうふ》なYさんが、案内人も兼《か》ねて参加してくれた。高原のペンションに泊《と》まり、早朝から山に向かい、トレッキング（軽い山歩き）をしながら、撮影《さつえい》をしていた。

その日は、合宿の最終日だった。高原のお花畑もだいぶ撮影《さつえい》したから、少しだけ山を登り、上にある池を見に行くことになった。先生が先頭、間に部員。最後尾《さいこうび》はYさんだ。

杏子《きょうこ》はちょうど真ん中だった。同じように池をめざすトレッキングの人たちで、わりと道は混《こ》んでいたが、順調に登り、池の周辺《しゅうへん》を撮影《さつえい》した。近くに山小屋があり、そこで早めの昼食を食べた。

「ガス（霧《きり》）が出るかも知れないので、早めに下りましょう。ガスで見通しが悪くなると危《あぶ》ない」

Yさんが先生に言った。

Yさんの予想どおり、うっすらと池の上を白い霧《きり》が這《は》っている。

みんなで集合写真を撮《と》り、登ったときと同じ並《なら》び順で、山を下りはじめた。

「おーい」

後ろから呼《よ》び声が聞こえた。

「え？」

前を歩いていた後輩《こうはい》の南《みなみ》が、立ち止まった。

つられて杏子《きょうこ》も立ち止まる。

「なんでもないから、止まらないで。振《ふ》り向かないで！　進んで」

最後尾《さいこうび》のYさんが大きな声を出した。

「ほんとになんでもないのかな？」

南《みなみ》がつぶやきながら、それでも歩き出した。

石の多い下り坂だった。杏子《きょうこ》は石につまずかないようにするのがせいいっぱいだった。

坂道から石を落とせば、下にいる人が危《あぶ》ない。浮《う》いている石を踏《ふ》んで、落とさないようにとYさんからも注意を受けていた。後ろから聞こえた呼《よ》び声について、深く考える余裕《よゆう》はなかった。霧《きり》がだんだん濃《こ》くなってきた。でもあと少しで、出発点だ。

目印のテープが木に巻《ま》いてあるのが見えた。

「おーい」

また後ろから呼《よ》ぶ声。

「やっぱり誰《だれ》か、呼《よ》んでいますよ」

南《みなみ》は立ち止まると、道の脇《わき》によけた。

杏子《きょうこ》は歩く反動で、南《みなみ》を追い越《こ》す。

「南《みなみ》さん、行こうよ」

彼女《かのじょ》は、くるっと体を回すと、道を駆《か》け上がった。

「ちょっとだけ見てきます。もしかして、わたしたちの誰《だれ》かが落とし物をしたのかも」

「あっ！　ダメだ。行かないで！」

最後尾《さいこうび》からYさんの焦《あせ》る声が聞こえた。

次の瞬間《しゅんかん》

「みんなは早く下りて、彼女《かのじょ》はぼくが連れ戻《もど》すから」

Yさんが叫《さけ》んだ。

お花畑で二人を待った。みんなに遅《おく》れて十五分くらい後、Yさんが南さんを連れて下りて来た。（よかった）みんなホッとした。

その晩《ばん》、ペンションに戻《もど》り、合宿最後の夜をみんなで楽しんでいた。

「ねえ、杏子《きょうこ》。これ見て」

そっと友人がささやいた。友人は文化祭の展示《てんじ》に使うために、スナップ写真を撮影《さつえい》する係だった。南《みなみ》とYさんが写《うつ》っている。みんなが待つ場所に下りて来たところだ。

杏子《きょうこ》は一目見ただけでは、意味がわからなかった。ぼんやりと、部員じゃない人も写《うつ》っているから、使えないな。と感じただけだった。

「杏子《きょうこ》、よく見てよ」

小さい声で友人が言う。どうやらあまり周《まわ》りには広めたくないようだ。杏子《きょうこ》は無言で、画面を見直した。友人がズームアップした。南《みなみ》の両肩《りょうかた》におぶさるように白い霧《きり》がまとわりついている。細い手が何本も肩《かた》を掴《つか》んでいるように見えた。そのうちの何本かは、霧《きり》の手を伸《の》ばし、Yさんの首を掴《つか》もうとしていた。

そのときは「霧《きり》だよ、でもこの画像《がぞう》は使えないね」と言うしかなかったが、「帰ったらミサキに相談《そうだん》してみよう」と思った。

ぱさ　ぱさ　ぎっぎっ　夜半すぎ、杏子《きょうこ》は微《かす》かな音で目を覚《さ》ました。

ぱさ　ぱさ　ぎっぎっ　なんの音だろう。

同じ部屋のみんなにも聞こえているのだろうか。部屋は二段《だん》ベッドが二つ。女子部員が四人で使っていた。杏子《きょうこ》は窓側《まどがわ》の下の段《だん》だった。窓《まど》にはよろい戸があり、カーテンもある。杏子《きょうこ》は暗闇《くらやみ》で目を凝《こ》らした。足もとの非常灯《ひじょうとう》の明かりがぼんやり見える。

ぎぃっ　突然《とつぜん》大きな音がした。上の段《だん》からだ。

上の段《だん》には南《みなみ》が寝《ね》ている。大きく寝《ね》返りでも打ったのだろうか。

昨日《きのう》までは、こんな音はしなかった。ほかの部員はみんなぐっすり寝《ね》ているようだ。

起こしてはいけない。

ぎしっ　ぎっ　ぎっ　音は続いている。

彼女《かのじょ》は、そっと体を起こしてベッドから出ようと身を乗り出した。ばさっ　上の段《だん》から、目の前に、何かが降《ふ》ってきた。逆《さか》さまに。目を大きく見開き、髪《かみ》をばさばさに乱《みだ》した女の顔。

彼女《かのじょ》はそのまま気を失《うしな》った。

翌朝《よくあさ》は、いつもと変わらないふつうの明るい朝だった。

「おはようございます」

ほかの部員が声をかける。南《みなみ》の声もまじっている。

みんなは、身支度《みじたく》をしている。

寝過《ねす》ごした？　慌《あわ》てて起き上がる。深夜、ぬっとあらわれた女は誰《だれ》だったのか。

それとも夢《ゆめ》だったのか。

「南《みなみ》さん、夕べはなかなか眠《ねむ》れなかったの？」

「いいえ。ぐっすりでした」

南《みなみ》に変わった様子は見られなかった。

杏子《きょうこ》は話し終わると、画像《がぞう》をミサキに見せた。

「ミサキなら、何かわかるかと思って」

山にはいろいろなモノが棲《す》んでいる。本来は邪悪《じゃあく》なものでなくても、関わる人によっては大きな影響《えいきょう》を受けてしまうモノもいる。これは、霧《きり》と木霊《こだま》・・・それだけではない。痛《いた》みやさびしさが高じて、人を怨《うら》む思いが霧《きり》に紛《まぎ》れている。Yさんに伸《の》ばした手には恨《うら》みさえ感じられた。

「戻《もど》ってからの南《みなみ》さんの様子はどうですか?」

「うん。確認《かくにん》しようと思っているけれど、先にミサキに話してからにしようと思って」

「Yさんは?」

「Yさん? Yさんの連絡先《れんらくさき》は知らない。でも、もしかしたら、部長が知ってるかも」

ふいに杏子《きょうこ》のスマホが震動《しんどう》した。

「部長からだ。」

メールを開いた彼女《かのじょ》の顔が青ざめた。

「ミサキ、今からいっしょに来てくれる?」

二人は家を出た。まだ三時を少し過《す》ぎたばかり、じりじりと太陽が暑い。

部長は駅前で待っていた。現像《げんぞう》した集合写真を無言で二人に渡《わた》した。

「誰《だれ》? こんな人いなかった」

杏子《きょうこ》がつぶやく。部員たちを真ん中に先生、Yさん。その後ろに登山ハットを目深《まぶか》にかぶった赤いヤッケ姿《すがた》の若《わか》い男性《だんせい》が立っている。

「わたしがデジカメで撮影《さつえい》した集合写真には、こんな人写《うつ》っていない」

杏子《きょうこ》が言った。

「たぶん、ぼくが撮影《さつえい》したフィルム式のカメラだけだよ」

部長が言う。

「昨日の夜、家で現像《げんぞう》しているときに、奇妙《きみょう》なことがあった。それで急いで写真を見てもらおうと思って呼《よ》び出したんだ」

部長は家に小さい暗室を持っているほどの写真マニアだ。自分でフィルムの現像《げんぞう》まで、できるそうだ。そして、現像液《げんぞうえき》から浮《う》かび上がった集合写真に見知らぬ男が写《うつ》っていたのだ。

気味が悪いので、どうすればいいだろうと考えていたところに、南《みなみ》から着信が入った。すぐに電話に応答《おうとう》したが、切れてしまった。そして、切れると同時に暗室の電球が割《わ》れた。

「折り返しても、不在《ふざい》着信になっているんだ」

「南《みなみ》さんの家に行こう」

ミサキが言った。とてもよくない予感がする。

「間に合えばいいけど」

南《みなみ》の家は、隣町《となりまち》のマンションだ。三人は電車に飛び乗った。部長がミサキに尋《たず》ねた。

「写真の男は誰《だれ》なんだろう？」

「詳《くわ》しくはわからないけれど、山で亡《な》くなった人の魂《たましい》が悪霊《あくりょう》になったものかもしれません。Yさんに関係のある人だと思います。南さんに取り憑《つ》いて、Yさんを探《さが》している」

「取り憑《つ》いたって、合宿で？　合宿には、Yさんもいたのに、どうして直接《ちょくせつ》、Yさんに取り憑《つ》かなかったのだろう」

「杏子《きょうこ》さんから、山の中で後ろから呼《よ》びかける声がしたと聞きました。呼《よ》びかけに応《こた》えたのが、南《みなみ》さんだけだからだと思う」

「ほんとうはYさんに呼《よ》びかけていたのか・・・」

部長がつぶやいた。

「あのとき、実はぼくも、気になって引き返そうかと考えました」

ところが、部長のすぐ後ろを歩いていたYさんが、横にきて、部長が振《ふ》り返らないように、ぎゅっと部長の腕《うで》を掴《つか》んだのだという。

「だめだ、あれはよくないモノだ」

とささやいたそうだ。

杏子《きょうこ》は、不気味な霧《きり》が南《みなみ》にまとわりついている画像《がぞう》を部長に見せる。

「二人が戻《もど》ってきたときの画像《がぞう》。偶然《ぐうぜん》にしては気持ち悪くて、今日、ミサキに相談《そうだん》に行っていたの」

「うわっ」

画像《がぞう》を見た部長が唸《うな》った。

「Yさんに連絡《れんらく》したほうがいいかな・・・・」

部長がつぶやいた。

「南《みなみ》さんからの着信履歴《りれき》は残っていますか?」

「残ってる」

ミサキは考えた。自分は経験《けいけん》したことはないが、スマホやパソコンなどの電子機器を通じて、あらわれる霊《れい》が存在《そんざい》するという噂《うわさ》がある。部長にかかってきた電話は、南さんに取り憑《つ》いた悪霊《あくりょう》だろうか。そいつが、もしもスマホを経由《けいゆ》していたとしたら。

「南《みなみ》さんの様子を確認《かくにん》するまで、連絡《れんらく》は待ってください」

「わかった。そうするよ」

部長が言った。南《みなみ》の家は、マンションだった。エントランスで部屋番号を呼《よ》び出す。

「はい」

画面に南《みなみ》の顔が映《うつ》った。いつもと変わらない様子だ。

じー　かちゃ　エントランスのカギが開いた。

家の人はみんな仕事で留守《るす》だそうだ。

「すごい見晴《みは》らしがいいわね」

杏子《きょうこ》が言った。遠くに富士山《ふじさん》も見える。

「昨日の夜の電話だけど、Yさんの連絡《れんらく》先を聞いただろう。それは、どうして？」

すっと南《みなみ》の顔色が変わった。

ミサキは南《みなみ》を観察している。まだ南本人《みなみ》の意識《いしき》の方が強い。

どうすれば、彼女《かのじょ》を傷《きず》つけることなく、取り憑《つ》いている存在《そんざい》を、おもてに出すことができるだろうか。おもてにさえ出せれば祓《はら》える。

「ごめんなさい」

南《みなみ》がうつむいた。がたがたと肩《かた》が震《ふる》えている。

ぽつり　うつむく彼女《かのじょ》の目から涙《なみだ》がこぼれて、手の甲《こう》に落ちた。

「合宿から戻《もど》ってから、日が暮《く》れると自分で何をしているのか、よくわからなくて」

喉《のど》から絞《しぼ》りだすようにか細い声だ。何かをこらえているようだ。

「でも、かわいそうなんです。ずっと一人で山に」

南《みなみ》の首が激《はげ》しく上下に揺《ゆ》れた。（いけない！）ミサキは立ち上がり、駆《か》け寄《よ》る。

「南《みなみ》さん、ガマンしないで！　こいつはかわいそうじゃない」

叫《さけ》ぶと、真言《しんごん》を唱《とな》えながら、彼女《かのじょ》の背中を数珠《じゅず》で打った。

「南《みなみ》から、出ていけ！　卑怯者《ひきょうもの》！」

がくんと音がするように南《みなみ》の口が大きく開いた。

あがあああ　灰色《はいいろ》の綿《わた》のようなものが、彼女《かのじょ》の口から湧《わ》き出て来る。

杏子《きょうこ》は窓際《まどぎわ》まで逃《に》げ、目を見開いている、恐《おそ》ろしくて動けないようだ。

ずずっずずっ　灰色《はいいろ》のゼリー状《じょう》の塊《かたまり》は、うねうねと床《ゆか》の上を這《は》い回った。

次の瞬間《しゅんかん》、意思を持っているように部長をめがけて襲《おそ》いかかった。

「うわあああ」

部長は悲鳴《ひめい》をあげた。

ソレは部長の胸《むね》のあたりに、貼《は》りつき、身をくねらせた。

ずるずると、部長の口から入り込《こ》もうとしている。

「最初から　おまえにすればよかったな」

どこから声が出ているのか、気味悪い声が響《ひび》いた。

「そうはさせない」

ミサキが護符《ごふ》を飛ばした。

護符《ごふ》はソレの動きを止めたが、部長の体からは引き離《はな》せていない。

ぐぐぐぐぐ　くぐもった笑いが聞こえた。

「もう少しで・・・・は・い・れ・る」

部長の目が裏返《うらがえ》った。

ミサキは必死で真言《しんごん》を唱《とな》えた。何かほかに助けになるもの。

窓《まど》の外は日が暮《く》れはじめている。南《みなみ》の話だと、ソレは日が落ちると強くなるのだ。

なんとしても、日が暮《く》れる前に。

「杏子《きょうこ》さん。窓《まど》を開けて！」

ミサキが叫《さけ》んだ。

ガクガクと動きながら、杏子《きょうこ》が窓《まど》を開けた。まだ昼の暑さを残す風が、吹《ふ》き込《こ》んでくる。マンションの上階《じょうかい》だから、風の勢《いきお》いも強い。うすい赤色にそまりつつある空の向こうにくっきりと青く冨士山《ふじさん》が見える。

「風の神。すべての山を統《す》べる神よ。悪しき霊《れい》を祓《はら》いたまえ」

ひゅっ　風のつるぎが見えた。「いまだ」ミサキの唱《とな》える真言《しんごん》に従《したが》い、風のつるぎが灰色《はいいろ》の塊《かたまり》を切り裂《さ》く。

おおおおお　ソレが断末魔《だんまつま》の叫《さけ》びをあげた。

やがて風はつむじを巻《ま》き、室内の邪気《じゃき》を吹《ふ》き払《はら》うと、窓《まど》から去《さ》った。

「あのヒト、ずっとYさんを待っていたんです」

南《みなみ》がつぶやいた。

「もしどちらかが、山で命を落としたら、ぜったいに迎《むか》えに行くって約束だったから」

呼《よ》び声に応《こた》えた先で、霧《きり》に巻《ま》きつかれた。だんだん意識《いしき》が薄《うす》れていくとき、その言葉が南《みなみ》の頭の中に入って来たと言う。

「待っているうちに山に棲《す》む悪しきものに取り込《こ》まれたのだろう」ミサキは思った。

ミサキは部長に向かって言った。

「集合写真は供養《くよう》して燃《も》やしましょう。ネガもいっしょに。それから、Yさんに短いメールを送ってください『忘《わす》れている約束はありませんか』と」

◎山にまつわる不思議な話

送電鉄塔《てっとう》の母子

奥多摩の話です。その日は、高い山を登る目的ではなくて、渓流《けいりゅう》や道路に沿《そ》った里山の中を歩いていました。メンバーは三人。山歩き初心者もいたので、あまりハードな道は通りませんでした。みなさんも山の中に高い送電線の鉄塔《てっとう》が建っているのを見たことがあると思います。送電鉄塔《てっとう》の根元はしっかりとコンクリートで基礎《きそ》が打ってあります。山歩きで休憩《きゅうけい》する場所として安定している場所なのです。鉄塔《てっとう》は電力会社の人が定期的にメンテナンスをしているので、獣道《けものみち》のように細い道ですが、里につながる道もついています。ちょっとした休憩《きゅうけい》場所、里の道に戻《もど》る拠点《きょてん》として使わせてもらっていました。

奥多摩の渓流《けいりゅう》を見下ろす場所にある送電鉄塔《てっとう》の根元で最後の休憩《きゅうけい》をしてから里に戻《もど》ろうと歩いていました。目指した送電鉄塔《てっとう》が見えてきたとき、不思議な感じがしました。

「あれ？　先客がいる？」

わたしたちのような登山者だったら、それほど不思議な感じはしなかったと思います。ヒラヒラとしたワンピースをきたお母さんと同じようなワンピースの五歳《さい》くらいの女の子が鉄塔《てっとう》の根元に座《すわ》っています。二人でお菓子《かし》を食べているようです。町中で着るような服。さすがに足下は運動靴《ぐつ》でしたが、一瞬《いっしゅん》、場所を間違《まちが》えたような気がしました。

挨拶《あいさつ》は交《か》わしましたが、なぜか違和感《いわかん》を覚えて落ち着きません。先ほども言ったように、鉄塔《てっとう》には電力会社の道があります。その道を通ってきたのでしょうか。それにしても、里からはだいぶ離《はな》れています。

結局、わたしたちはその鉄塔《てっとう》を通り過ぎて、足早に里への道を急ぎました。なんだかとてもこわかったのです。

すれ違《ちが》ったはずなのに

丹沢《たんざわ》を四人で山歩きをしていました。二人の登山者とすれ違《ちが》います。先頭のわたしが挨拶《あいさつ》をしました。二人の登山者も挨拶《あいさつ》を返しました。なぜか、わたしのすぐ後ろを歩いている二人は挨拶《あいさつ》をせずに、無言です。四人目で列のいちばん後ろを歩いていた友人も「こんにちは」と挨拶《あいさつ》をしています。

「何をふざけているんですか？ 声をかけ合ったりして」

間を歩く二人が不思議そうに言います。

「あれ。いま、すれ違《ちが》った二人に挨拶《あいさつ》したんだよ」

と言いましたが、二人とも納得《なっとく》しませんでした。確《たし》かにすれ違《ちが》ったのに。

◎山で不思議な現象《げんしょう》にあったことがある

ある40%、ない49%、自分はないが、友人・家族があったことがある11%（山と渓谷《けいこく》社調べ）

山であった不思議なことはこんなこと

霊《れい》を見た。いるはずの時間帯・場所に人がいる。姿《すがた》は見えないが音がする。

怪《あや》しい光りを見た。場違《ちが》いなモノに遭遇《そうぐう》した（山の中にあるはずのないようなモノが落ちている）。場違《ちが》いではないが、状況《じょうきょう》が不気味だった（山小屋に置《お》

き去《ざ》りにされているザックや持ち主のない登山靴《ぐつ》）

山の言い伝え

●一声呼《ひとこえよ》び

山を歩いているとき、後ろから一度だけ「おーい」と呼《よ》ばれたときは、振《ふ》り返ってはいけない。という言い伝えがあります。後ろから一声だけで「おーい」と呼《よ》ぶものは、ものの怪《け》や妖怪《ようかい》で、生きている人では無いそうです。

ものの怪《け》や妖怪《ようかい》、霊《れい》などは、「おいおい」「もしもし」という繰《く》り返しの呼《よ》びかけができないと考えられています。山で仕事をする人は、もし後ろから「おーい」と一声呼《ひとこえよ》ばれても、振《ふ》り向かないそうです。一声呼《ひとこえよ》びが三度続いたときにはじめて、振《ふ》り向かずに「やっほー」と答えるそうです。自分から前を歩くひとに声をかけたいときは「もしもし」と声をかけます。

●深い山には山姥《やまんば》や山人が住むという言い伝えがある

ときおり、人の前に姿《すがた》をあらわすことがあるという。たとえば木こりや旅人が山で夜を明かすときなど、たき火にあたりに来ると言われている。いまではすべてが妖怪《ようかい》のように思われているが、何かのきっかけで、人里を離《はな》れ、山に住むことを選んだ人間ではなかったかという説がある。神隠《かみかく》しのようにこつぜんと姿《すがた》を消した人の幾人《いくにん》かは、自分から進んで人との交《まじ》わりを絶《た》つ道を選んだのかもしれない。

●遠野物語「寒戸《さむと》の婆《ばばあ》」

遠野の「寒戸《さむと》」に住んでいた若《わか》い娘《むすめ》がある日突然姿《とつぜんすがた》を消したそうです。その後、三〇年ほど経《た》った風の強い晩《ばん》に、ぼろぼろの着物で家に戻《もど》ってきました。「六角牛山《ろっこうしやま》の方から来た」と言いました。家に上がると「みなの顔を見に来た」と告《つ》げ、すぐに山の方に戻《もど》って行ったそうです。婆《ばば》の姿《すがた》が夢《ゆめ》や幻《まぼろし》ではない証《しょう》拠《こ》に、家にあった木製《もくせい》の鉢《はち》が、帰って行く婆《ばば》の着物の裾《すそ》に触《ふ》れてくるくると回ったそうです。それから遠野では風の強い日のことを「今日は寒戸の婆《ばば》が戻《もど》ってきそうな日だ」と言うそうです（柳田国男《やなぎたくにお》　遠野物語）

赤いドレスの女

神奈川県Ｙ市Ｋホール●Ｋ市クラブＣ
東京都Ｓ大記念ホールなど

残暑が終わり、ようやく朝夕の空気が涼《すず》しくなりはじめた初秋のことだった。

「度会《わたらい》さん」

図書室で捜《さが》し物をしていたミサキは、友人に呼《よ》び止められた。

「少し、時間ある？　相談《そうだん》したい事があるの。うちの部活動の一年生のことなんだけど」

友人は吹奏《すいそう》楽部に所属《しょぞく》している。来年の予選に向けて、課題曲を練習しているそうだ。

校舎《こうしゃ》には、練習をはじめる前の音合わせでさまざまな楽器の音が微《かす》かに響《ひび》いていた。

「時間は大丈夫《だいじょうぶ》だけど、どんなこと？　わたしで役にたつのかな？」

「今年の予選は、Ｋホールだったの。そのときに控《ひか》えの一年生が・・・」

Ｋホールの控《ひか》え室（楽屋）で不思議な体験をしたのだという。

友人の後ろに隠《かく》れるようにしていた女の子が出て来ると、ミサキに言った。

「さゆりと言います。聞いてもらえますか？」

その日、出場する部員たちは舞台《ぶたい》の袖《そで》で出番を待っていた。舞台《ぶたい》に登らない部員たちは、演奏《えんそう》を見るため、客席にいた。

楽屋には出場する部員の控《ひか》えの楽器や荷物がある。会場の様子は楽屋からテレビモニターで見ることができる。楽屋には二人の一年生が留守番《るすばん》として残った。

もう一人が「うちの演奏《えんそう》がはじまる前に、ちょっとトイレに行ってくるね」と言って、出て行ったので、さゆりは一人で部屋にいたのだと言う。控《ひか》え室には大きな鏡《かがみ》があり、鏡《かがみ》の周《まわ》りには電球がついている。普通《ふつう》の家にはないタイプの鏡《かがみ》だった。

さゆりはアイドルになったような気分で、頬杖《ほおづえ》をついて、鏡《かがみ》に移《うつ》る自分を眺《なが》めていた。

ぎぃ　扉《とびら》の開く重い音がした。

「トイレから帰ってきたのだと思いました」

「遅《おそ》いよ」くるっと椅子《いす》を回して、振《ふ》り向くとそこには、誰《だれ》もいません。扉《とびら》も閉《し》まっている。そのとき目の端《はし》にチラッと何かが見えたような気がした。

「赤い、ひらひらした感じでした。頂《いただ》いた花束《はなたば》も置いてあったので、鏡《かがみ》に映《うつ》った花かなと思いました」

もう一度、鏡《かがみ》の前に向きなおると、鏡《かがみ》の奥《おく》に、うつむいた女性《じょせい》がいた。べったりと濡《ぬ》れた長い黒髪《くろかみ》が顔にはりついている。赤いドレスからは水が滴《したた》りおちていた。

「わっ」さゆりは、こわくて、とっさに顔を覆《おお》った。そこからの記憶《きおく》はない。気がつくと、心配そうにのぞき込《こ》んでいる先輩《せんぱい》の顔が見えた。

トイレから戻《もど》った一年生が、気を失《うしな》っているさゆりを見つけて、客席の部員に知らせたという。ホールの医務室《いむしつ》で診《み》てもらったが、ケガもなく、体温も正常《せいじょう》。たぶん、緊張《きんちょう》で貧血《ひんけつ》を起こしたのではないかと言われ、少し休んで帰って来たのだと説明した。

さゆりの話が終わると友人が言った。

「予選の会場はずっとKホールだったけど、こんなことはなかったの」

友人が暗い顔をした。

「また起こるとこわいので、部活動を辞《や》めたいって、相談《そうだん》されて・・・・」

ミサキは少し考え込《こ》んでいたが、さゆりに質問《しつもん》した。

「その女性《じょせい》を見たとき、部屋の空気はどんなでしたか？　においとか、雰囲気《ふんいき》とか」

さゆりは思い出していたるように、眉《まゆ》をひそめていたが、ゆっくりと答えた。

「雰囲気《ふんいき》は、普通《ふつう》でした。においは花よりもっと濃《こ》い、化粧品《けしょうひん》売り場の香水《こうすい》のようなにおいだった気がします」

「どうなの？　悪い霊《れい》？　どうすればいい？」

友人が言った。

「いまのところ、あまり悪い雰囲気《ふんいき》は感じないけど、劇場《げきじょう》やホールの霊《れい》は難《むずか》しいの」

ミサキが言った。

「さゆりさんは、それから気分が悪くなったり、家でも変なことが起きていたりしていますか？」

彼女《かのじょ》は少し考えてから、

「鏡《かがみ》を見るのがこわくなりました。ときどきだけど、目の端《はし》に赤い影《かげ》が見えることがあって、そんなときは、いつも濃《こ》いお化粧《けしょう》みたいなにおいがします。それに一度だけ・・・・」

それはさゆりが一人で留守番《るすばん》をしているときだった。

かたかた。隣《となり》の部屋から音が聞こえた。隣《となり》は姉の部屋だ。姉は朝から出かけていた。

姉はおしゃれで、壁《かべ》にお気に入りの洋服を何枚《まい》もハンガーで掛《か》けている。

かたかた。「風かな？　おねえちゃん、窓《まど》を開けて出かけてしまったのかな」

かたかた。かたかた。ばさっ。なにかが床《ゆか》に落ちる音が聞こえた。

「あーあ。なにか落ちた」もしもお気に入りの服が落ちたのなら、たぶん姉は、留守《るす》の間に、勝手にわたしの部屋に入った、とさゆりを責《せ》めるだろう。

「自分で窓《まど》を閉《し》め忘《わす》れたのに。仕方ないなあ」さゆりは姉の部屋を見に行った。

きぃ。ドアを開ける。部屋は静《しず》まりかえっていた。窓《まど》も閉《し》まっているようだ。

しかし、姉のワンピースが床《ゆか》に落ちていた。「仕方ないなあ」さゆりはそれを拾《ひろ》い、ハンガーにかけ直した。念《ねん》のため、ちゃんと窓《まど》が閉《し》まっているかを確《たし》かめる。

「ちゃんとカギも閉《し》まってるな」さゆりがつぶやいた。

かたかた　かたかた　後ろで音が聞こえた。「え？」ゆっくり振《ふ》り向く。

ハンガーにかけた服が、壁《かべ》で踊《おど》っている。さっきかけ直したワンピースも。かたかたという音は、ハンガーが壁《かべ》にぶつかる音だ。まるで人が乱暴《らんぼう》に服を品定めしているようだ。かたかた　がたたたたた　クロゼットのドアが中から動いている。

「うそ。どうして」さゆりはこわくて動けない。しゅっと、香水《こうすい》を吹《ふ》きつけられたようなにおいがした。目の前にあの赤いドレスの女がうつむいて立っていた。

「わぁ！」

目を開けると姉が心配そうに彼女《かのじょ》を見下ろしていた。

「どうしたの？　帰ったら二階《かい》の廊下《ろうか》に倒《たお》れているんだもの。まさか、廊下《ろうか》で寝《ね》てたんじゃないわよね？　大丈夫《だいじょうぶ》？」

姉は自分の部屋のドアを開けた。さゆりは思わず目を閉《と》じた。ドアは閉《し》まったかと思うと、もう一度開いた。ドアの間から顔を出した姉がさゆりに言った。

「なんかいいにおいがするんだけど、わたしの部屋でフレグランス使った？」

その日はそれで済《す》んだが、それから後も家の中で、ふと気がつくとにおいがしていると言うのだ。

「やっぱりKホールの楽屋から、ついて来たのでしょうか？　あんなこわいモノがいるなら、部活動は辞《や》めようかと・・・・」

ミサキといっしょに友人もため息をついた。やがてミサキが言った。

「わかりました。解決法《かいけつほう》を探《さが》すから、少し時間をください。最初に話したとおり、劇《げき》場《じょう》やホールの霊《れい》は難《むずか》しいんです」

一週間後、ミサキたち三人は、駅で待ち合わせて、Kホールに向かった。

ホールを前に、ミサキはさゆりにブレスレットを渡《わた》した。

「これをお守りにして。案内人がいるから大丈夫《だいじょうぶ》だけれど、安心でしょう」

「わたしには何もないの？」

ミサキは友人に笑いながら、自分のブレスレットを渡《わた》した。

「後で返してね」

ホールの案内人は、年配の男性《だんせい》でGと名乗った。白髪《はくはつ》にブレザー姿《すがた》。

「ホール施設《しせつ》の管理をしている」と話し、自分の孫《まご》のような年齢《ねんれい》の三人に丁寧《ていねい》な挨拶《あいさつ》をした。

「では、ご案内します。もうこのホール内はご存知《ぞんじ》だとは伺《うかが》っておりますが」

ホールの入り口、客席と順に巡《めぐ》って、舞台《ぶたい》に登った。

「あなたが、不思議なことに遭《あ》われたお嬢《じょう》さんかな？」

ミサキはGに事情《じじょう》を話していたのか。友人は思った。

するとGは舞台《ぶたい》から向かって左端《はし》の列の客席を指さした。

「ちょうど、中程《なかほど》に出入り扉《とびら》があるあたりです。あのあたりでは、お嬢《じょう》さんが見たような、赤いドレスの女性《じょせい》が、よく目撃《もくげき》されています」

「誰《だれ》が見たんですか？」

さゆりが聞いた。

「舞台《ぶたい》上の演奏者《えんそうしゃ》、役者、会場を見守る係。お客さまが見た話はあまり聞きませんが」

Gがゆっくりと話す。ミサキたち三人は、赤いドレスの女があらわれるという場所を見つめた。うっすらと赤い影《かげ》がゆらいでいるようだ。「来たかな」ミサキが思ったとき。ミサキの心を読むように、Gの声が次の行動を促《うなが》した。

「さあ、次に参《まい》りましょう。舞台《ぶたい》は大切な場所ですから。ここではご遠慮《えんりょ》ください。あ、その前に頭上をご覧《らん》ください」

Gの言葉で三人は上を見上げた。黒い鉄骨《てっこつ》が何本も舞台《ぶたい》の上を横切っている。刺繍《ししゅう》のある厚《あつ》い舞台《ぶたい》の幕《まく》（緞帳《どんちょう》）や間仕切りがぶら下がり、照明がある。

「この上は、特殊効果《とくしゅこうか》で雪や花吹雪《はなふぶき》を降《ふ》らすときにしか登りません。作業するときはもちろん命綱《いのちづな》をします。そんな仕掛《しか》けの無いときに、鉄骨《てっこつ》の上にいるはずのない人を見たという話もあります。それは残念《ざんねん》ながら、みなさんがお探《さが》しの赤いドレスの女ではなくて、作業着を着た黒い男です。いまは見えないようですね。さあ、次は楽屋をご案内します。こちらです。足もとに気をつけて」

そう言うとGは下手《しもて》の袖《そで》に消えた。

三人もGを追って袖《そで》に入る。Gの姿《すがた》はどこにも見えない。煙《けむり》のように消えた。

壁《かべ》についている内線電話のライトが着信の赤に点滅《てんめつ》していた。

「舞台《ぶたい》の内線電話は音が出ないようにしてあるんだって」

ミサキは受話器を取った。

「いちばん大きい楽屋においでください」

受話器からGの声が響《ひび》いた。

袖《そで》から廊下《ろうか》に出て、重い扉《とびら》を開く。舞台《ぶたい》の裏《うら》に回り込《こ》むと、そこが楽屋だ。

大小複数《ふくすう》の部屋が並《なら》んでいる。いちばん大きな部屋に入るとGはそこにいた。

「ここでも赤いドレスの女を目撃《もくげき》したという噂《うわさ》があります。なぜかびっしょりと水に濡《ぬ》れた姿《すがた》だそうです」

「赤いドレスなのは、どうしてでしょう？」

ミサキが尋《たず》ねた。友人もさゆりもその理由を聞きたかった。ミサキの質問《しつもん》にGが答える。

「さあ、どうしてでしょう。わたしにもよくわかりませんが、赤は華《はな》やかな目立つ色です。わたしの想像《そうぞう》ですが、楽しみにしていた舞台《ぶたい》を前に、何かの理由で亡《な》くなったモノが、せめて魂《たましい》の姿《すがた》でも、舞台《ぶたい》に立ちたい。あるいは舞台《ぶたい》を見たいと彷徨《さまよ》っているのかもしれませんね」

Gが説明する。急に部屋の温度が下がった。空気清浄機《せいじょうき》が動いたようなブゥーンという音が響《ひび》く。

「濡《ぬ》れた姿《すがた》なのは、なぜなのかしら？」

さゆりがつぶやいた。

「魂《たましい》は身体を失《うしな》った後は、水を以《もっ》て身体をつくるという説があります。けれど霊《れい》が劇場《げきじょう》やホールを守っているなら、火は大敵《たいてき》。だから濡《ぬれ》れているのではないかしら」

ミサキが代《か》わりに答えた。どーん　ふいにドアが外から叩《たた》かれた。

「きゃっ」

さゆりが小さく叫《さけ》ぶ。ミサキは護符《ごふ》を二人に渡《わた》した。

「声を立てずに」

ミサキがささやく。どーん　ぎぃ　重いドアが開いた。

さゆりと友人は身を寄《よ》せ合った。

Gの身体の線がぼんやり揺《ゆ》らぎはじめた。

「面白《おもしろ》い答えですね。火から守っているか」

「Gさん、ご助力お願いします」

ミサキは数珠《じゅず》を持ち、真言《しんごん》を唱《とな》えはじめる。

「あっ」

さゆりが小さく叫《さけ》ぶと床《ゆか》に倒《たお》れた。すっと、その場所に赤いドレスの女が立ちあがった。あたりに濃《こ》い香水《こうすい》のにおいが漂《ただよ》う。

「ふふふふ」

女の口から笑いがもれた。

「あなたは本来、悪意のないモノでしょう」

ミサキが叫《さけ》ぶ。

「この子から離《はな》れて」

女は床《ゆか》に倒《たお》れているさゆりを見た。

「憑《つ》いているつもりはないわ」

強い花のかおりが立ち込《こ》める。

「望みを叶《かな》えられぬまま終わった無念《ねん》は、いまやこの世への恨《うら》み。お前たちもその暗《くら》闇《やみ》に引き込《こ》んであげるわ。ふふふ」

さゆりを見つめる友人の顔が真っ青に変わった。

さゆりは口を開き、細かく震《ふる》えている。それを赤い女の影《かげ》が包《つつ》み込《こ》もうとしている。

ミサキは光明真言《こうみょうしんごん》を強く唱《とな》えながら護符《ごふ》を取り出す。

もう一つ、何かが足りない。思い出せ。早く。

護符《ごふ》の力で女の影《かげ》は簡単《かんたん》にさゆりに入り込《こ》むことはできない。

「そうだ」ミサキは真言《しんごん》を祝詞《のりと》に代《か》えた。どんな劇場《げきじょう》にも祀《まつ》られる神がいる。神が劇《げき》場《じょう》と人を守るのだ。劇場《げきじょう》に憑《つ》いた霊《れい》がいるなら、その存在《そんざい》を神が許《ゆる》しているからだ。

人に害《がい》をなすなど、許《ゆる》されないおこないをした霊《れい》は神にゆだねよう。

「この場を守りし御神《おんかみ》。悪霊《あくりょう》と化した者を払《はら》い給《たま》え。我《われ》に力をお貸《か》しください。・・・・

トホカミエミタメ」

祝詞《のりと》を唱《とな》えるミサキの後ろから一筋《ひとすじ》の光が真っ直ぐ女を貫《つらぬ》く。

バラのように甘《あま》い香水《こうすい》のにおいの中に、むれた水のにおいが混《ま》ざりはじめた。

むっとするような、思わず胸《むね》がつまるようなイヤなにおい。

高笑いする女の声が止まった。


どこからともなくGの声が聞こえた。

「わたしたちはこの世ならぬモノ。ここに在《あ》ることは、この場を守ることと引き替《か》えに、許《ゆる》されるのだ」

ブゥーン小さい音が聞こえた。細い風の流れが、腐《くさ》ったにおいを取り除《のぞ》くように楽屋に入り込《こ》んで来る。

赤いドレスがみるみるうちに、赤茶けた。

「おのれ、お前は・・・・・」

ぼた　ぼた　赤いドレスの女はどす黒い水を垂《た》らしながら、溶《と》けていく。

「この後も・・・・あーははははは」

女の声が狂《くる》ったように響《ひび》き、やがて消えた。同時に、うすいミントのようなにおいが、楽屋を清《きよ》めた。

「これで終わりましたが、またいつか、あらわれるでしょう」

消えつつあるGが言った。

「水に濡《ぬ》れた姿《すがた》なのは、火事から劇場《げきじょう》を守るため。今度、案内の依頼《いらい》が来たら、使わせていただきましょう。お嬢《じょう》さんがた、廊下《ろうか》に神棚《かみだな》があります。どうか手を合わせてから、お帰りください」

Gは消えた。

「消えた」

ぽかんとした声で友人が言った。さゆりは赤いドレスの女があらわれてからは、気を失《うしな》っていたようだ。

「少しこわかったですね。ごめんなさい」

ミサキが二人に謝《あやま》った。

「途中《とちゅう》で気を失《うしな》ってしまって、よく覚えていません。でも、あの案内人さんは？」

「わたしもよくわかりません。劇場《げきじょう》やホールにはたくさんの人が出入りします。この場所を守りたいと思う人もいれば、無念《ねん》の思いを残して亡《な》くなった人もいる。Gさんはそんな霊《れい》だと思います」

通路の真ん中、舞台《ぶんたい》の真裏《まうら》に神棚《かみだな》がある。三人は手を合わせた。

チカチカっと廊下《ろうか》の内線電話が点滅《てんめつ》した。ミサキは受話器を取った。

劇場《げきじょう》・コンサートホールのこわい噂《うわさ》

多くの人が集まる劇場《げきじょう》、コンサートホールには不思議な噂《うわさ》が尽《つ》きません。

特に今回のお話でも書いた「びしょ濡《ぬ》れの女の霊《れい》」は、赤いドレス、赤いレインコートとその姿《すがた》を変えて、いろいろな劇場《げきじょう》で目撃《もくげき》されています。

チケットは入場人数の把握《はあく》や不正防止《ぼうし》のために、現代《げんだい》でも会場の入り口で、人の手で半分にもぎって、半券《はんけん》を渡《わた》される入場方式が多いのですが、赤坂にあるSホールでは、晴れているにもかかわらず、集計のためにチケットを改《あらた》めると水で濡《ぬ》れたような半券《はんけん》が見つかることがあるそうです。

大野《おおの》さんから聞いた話

●神奈川県K市クラブC

大野《おおの》さんは怪談《かいだん》で有名なI・J氏と親しくおつき合いのある方です。その人に聞いた話です。K市にあるクラブCで、I氏の怪談《かいだん》語りライブがあったときのことだそうです。

すでにI氏のステージは、はじまっていたので、大野《おおの》さんは楽屋口から中に入りました。

いまはわかりませんが、当時のクラブCは、楽屋の入り口が舞台《ぶたい》の横にあったそうです。横に入り口があるので、そこから入るとセットの横からI氏の後姿《うしろすがた》と、裏側《うらがわ》のホリゾント（舞台背景《ぶたいはいけい》用の幕《まく》）が見えます。客席は満席です。

「座長《ざちょう》（大野《おおの》さんはI氏をそう呼《よ》んでいます）の舞台《ぶたい》はすごいな」

大野《おおの》さんがI氏の後姿《うしろすがた》を見たとき、ホリゾントの裏《うら》に何かが見えたそうです。よく見ると、白いズボンの二本の足がにゅっと、ホリゾントから突《つ》き出ています。

座長《ざちょう》は、怪談《かいだん》に仕掛《しか》けはしないのだが、何か意味があるのかな？　大野《おおの》さんはそのまま楽屋に入り、公演《こうえん》が終わるのを待ちました。ステージを終えたI氏にこう尋《たず》ねたそうです。

「座長《ざちょう》、あの後ろ、ホリゾントに人は入れましたっけ？」

「いや、すぐに壁《かべ》だよ。なんで？　どうしたの？」

I氏は特徴《とくちょう》のある口調で聞き返したそうです。

そのほかにもクラブCには、いろいろと不思議なことがあったそうです。

たとえば、やはり人のいるはずの無い場所に、黒子のような影《かげ》がしゃがんでいるのが見えました。黒子だし、舞台監督《ぶたいかんとく》さんかな？　と思っていると、舞《ぶ》台監督《たいかんとく》さんは、別の場所から出てきて、さっきの黒子は誰《だれ》だったんだということもあったそうです。

その翌年《よくとし》、ふたたびクラブCでI氏の怪談公演《かいだんこうえん》がありました。大野《おおの》さんは、（今度こそは）と、気合いを入れて出かけたそうです。不思議な現象《げんしょう》を解明《かいめい》しようと思ったそうです。

はりきって楽屋入りしました。すでに楽屋に入ったときに、怪《あや》しい気配が渦巻《うずま》いていたそうです。今度は何が起こるのか、大野《おおの》さんはぞくぞくしながら待っていました。

ところが、開演《かいえん》前に思いがけずI氏のファンだという可愛《かわい》い女の子（とあるアイドル）がI氏といっしょに入って来ました。

「わあ、すごく可愛《かわい》い」

そう思った瞬間《しゅんかん》に、大野《おおの》さんは気合いが抜《ぬ》けてしまったそうです。それがよくなかった。楽屋の怪《かい》を解明《かいめい》するどころか、逆《ぎゃく》に取り憑《つ》かれてしまいました。何もできず。I氏の怪談公演《かいだんこうえん》がはじまったばかりなのに、楽屋には苦しくていられず、ロビーの椅子《いす》でぐったりと、動けなくなってしまったそうです。

「鼻《はな》の下を伸《の》ばして若《わか》い子に気を取られているからだよ！」

大野《おおの》さんは奥《おく》さんに叱《しか》られました。憑《つ》いた霊《れい》は自分で祓《はら》ったそうです。

名古屋での体験

やはりI氏の怪談公演《かいだんこうえん》でのことです。I氏は前に公演《こうえん》した北海道で風邪《かぜ》を引いてしまい、体調が悪かったそうです。大野《おおの》さんは友人とその家族といっしょに楽屋見舞《みま》いに行きました。開演《かいえん》が近いのでスタッフも少ないはずなのに、楽屋の奥《おく》からガタガタ、ガタガタという音がしています。やがて開演《かいえん》になるので大野さんたち一行は、ロビーに引き上げ、くつろいで開場を待ちました。開場と同時に入り口からお客さんが入ってきました。それとは別に、ドッと大勢《おおぜい》の気配がなだれ込《こ》むように入ってきたそうです。そのとたん、周《まわ》りの空気が変わり、急に寒くなってきました。友人一家も鳥肌《とりはだ》をたてて震《ふる》えています。

「なんだこの気配は？　普通《ふつう》じゃないな」

しかし、それ以上のことは何も起こらず、無事に公演《こうえん》を聞くことができました。公演《こうえん》前に熱田神宮にお参《まい》りしてきてよかったと思ったそうです。終演《しゅうえん》後、再《ふたた》び楽屋に行くと、I氏は機嫌《きげん》よくいろいろ話してくれたそうですが、その間も、奥《おく》からはずっとガタガタ。ガタガタという音が聞こえていたそうです。念《ねん》のため、確認《かくにん》しましたが、楽屋の奥《おく》には、やはり誰《だれ》もいなかったそうです。

●舞台《ぶたい》のさまざまな仕掛《しか》け

舞台《ぶたい》には、演劇《えんげき》のための仕掛《しか》けがたくさんあります。

舞台《ぶたい》上で開け閉《し》めする緞帳《どんちょう》（多くは織物《おりもの》や刺繍《ししゅう》のある舞台《ぶたい》用の幕《まく》）や間仕切りは、とても重いものです。昔の緞帳《どんちょう》は、幅《はば》一〇メートル、高さ二〇メートルで、一トン近くの重さがあったそうです。（いまは繊維《せんい》の技術《ぎじゅつ》が進んで一〇分の一になりましたが、それでも一〇〇キロあります）。万が一、ワイヤーが切れたら、大事故《じこ》になります。照明も同じく重いものです。

舞台《ぶたい》上の梁《はり》に登って作業をする裏方《うらかた》は、命綱《いのちづな》があるとはいえ、緊張《きんちょう》を強《し》いられることでしょう。演劇《えんげき》が主に演《えん》じられる某《ぼう》大学のホールには、その梁《はり》の上に、ときどき、いるはずのない男の姿《すがた》が見えるそうです。
その劇場《げきじょう》関係者はその姿《すがた》を「小屋守りさん」と呼《よ》んでいるそうです。小屋守りさんが出た日は、みんなで「今日は小屋守りさんが出たので、特に注意しよう」と言って、気を引き締《し》めるそうです。

奈落《ならく》

舞台《ぶたい》の真下、花道の床下《ゆかした》にある舞台効果《ぶたいこうか》のためのスペースを「奈落《ならく》」と呼《よ》びます。下からせり上がったり、早変わりの通路になったりします。ホールによっては、オーケストラピットを兼《か》ねるものもあります。奈落《ならく》には地の底、地獄《じごく》の意味があります。暗くて、深い空間であることから、「奈落《ならく》」と呼《よ》ばれるようになりました。
一説には、華《はな》やかな舞台《ぶたい》の裏《うら》には、嫉妬《しっと》や怨念《おんねん》が渦巻《うずま》いており、この場所では霊《れい》的な現象《げんしょう》や事故《じこ》が起こりやすいため、奈落《ならく》と言われるそうです。

楽屋《がくや》に神棚《かみだな》

楽屋《がくや》の通路に神棚《かみだな》のある劇場《げきじょう》・ホールはたいへん多いです。公演《こうえん》の人気や成功《せいこう》、無事故《むじこ》を祈《いの》って、開演《かいえん》前に祈《いの》るのは、自然なことかもしれません。

劇場《げきじょう》にはなぜ怪奇現象《かいきげんしょう》が多いのか?

昔から、劇場《げきじょう》では音を大きく鳴らすため、霊《れい》がよく寄《よ》ってくると言われます。そのため、劇場《げきじょう》での心霊《しんれい》体験は多く、もともと霊感《れいかん》のない関係者が霊《れい》の声を聞いたり、金縛《かなしば》りにあったり、夜誰《だれ》もいない劇場《げきじょう》で勝手に照明がついたり、音響《おんきょう》に男性《だんせい》の声が勝手に入るといった話は、たくさんあります。

とくに怪談《かいだん》の舞台演目《ぶたいえんもく》では、演者《えんじゃ》やスタッフが必ずケガをしたり、壊《こわ》れるはずのない舞台装置《ぶたいそうち》が突然《とつぜん》不調になるなど、多くの現象《げんしょう》がみられるようです。

芸能《げいのう》の世界では、有名になりたかった人やすごく熱心なファンなど、欲望《よくぼう》が渦巻《うずま》いているため、人の恨《うら》みや妬《ねた》みが場所に残ることも多く、霊《れい》が集まることで、霊障《れいしょう》などの怪奇現象《かいきげんしょう》が起こるようです。

記《き》憶《おく》

スタジオ●テレビ局のこわい噂《うわさ》

コスモスが咲《さ》きはじめると、空が急に高くなったように感じる。

そのメールが届《とど》いたのはそんな晴れた秋の日のことだった。

「友人の話を聞いて、気になったので、相談《そうだん》にのってもらえると助かるのですが・・・・」

差し出し人のアドレスは、保臣《やすおみ》からだった。

「気になること？」

保臣《やすおみ》からの頼《たの》みごとなら断《ことわ》るわけにもいかないな。

「わかりました。どのようなことですか？」

と返信を返してから、しばらくすると、玄関《げんかん》のチャイムが鳴《な》った。

「こんにちは」

保臣《やすおみ》が玄関《げんかん》にいた。後ろに知らない男子がいて、いっしょに頭を下げた。

「Rと言います。突然《とつぜん》にすみません」

Rは保臣《やすおみ》の友人だという
「筋《きん》トレのなかまです」

保臣《やすおみ》は、最近、基礎《きそ》体力を鍛《きた》えるために、トレーニングをはじめているそうだ。

トレーニングの合間、Rとの雑談《ざつだん》で、吹奏楽部《すいそうがく》で起きたことを話したという。

「保臣《やすおみ》から話を聞いたら、自分も気になっていることがあって、どうしても相談《そうだん》したいとお願いしたんです」

今日は出かける用事もないので、相談《そうだん》を聞くことにした。


Rには、なかのよい兄がいる。大学生なのだが、勉強よりも音楽好き。Rも兄の影響《えいきょう》で楽器をはじめるようになったという。

「ベースギターが、かっこいいかなと思って」半年ほど前、兄につき合ってもらい、楽器を買いに東京に出かけたときのことだ。店を数件《けん》回った。

秋葉原のある店で「それ」を見てしまったのだという。

「カーキ色の服が、ところどころ焼け焦《こ》げたような、ぼろぼろの服を着た男でした」

Rは思い出したのか、声を潜《ひそ》めた。

「その男は、楽器店の棚《たな》の間に座《すわ》っていました。疲《つか》れているようで、うなだれた首が膝《ひざ》に乗っていました」

「いっしょにいた兄は、男が見えないようで、平気で棚《たな》の方に近寄《ちかよ》って行ったので、自分も棚《たな》に近づきました」

するど突然《とつぜん》、その男は顔を上げ、Rを睨《にら》んだ。

「おい」

ザラザラした声が頭の中に直接《ちょくせつ》、響《ひび》いた。

「見えているだろ」

こちらを見る男の目の中は真っ黒で、吸《す》い込《こ》まれそうになった。

「ゾッとしました。背中《せなか》は寒いのに、じわっと汗《あせ》が出ました」

兄に助けを求めようとしましたが、声が出ない・・・・。目で兄を追った。兄は気づく様子もなく、あれこれ楽器を見ている。

「とにかく、あの男は無視《むし》するしかない」Rは直感でそう考え、ゆっくり棚《たな》から離《はな》れた。男はRから目を離《はな》さず、じっと見ていた。にやりと笑うように不気味に口をゆがめると、やがて床《ゆか》に吸《す》い込《こ》まれるように消えた。

ほっとしたRの耳に兄の声が聞こえた。

「ちゃんと選んでる？」

結局、兄のお薦《すす》めを買って、帰ってきたのだという。

「家に帰ってからは、特に何もなくて、あの日スタジオに行くまではすっかり忘《わす》れていました」


「スタジオで音を出してみないか」

兄のバンドの練習日だったが、予約時間を間違《まちが》えて、多くとってしまったのだそうだ。その日はほかのメンバーに用事があって、予定していた時間以上は使わなかった。

「使わなくてキャンセルしても料金は同じだしさ。もったいないから」

兄が言った。用事のないメンバーも、いっしょに演奏《えんそう》してくれると言う。

場所は横浜桜木町駅の近くだった。

兄たちが練習している時間は、近くのショッピングセンターで時間を潰《つぶ》した。

「もうそろそろいいかな」スタジオに向かう。鉄道の高架下《こうかした》をくぐる。電車が上を通ったのだろうか。身体に生ぬるい風圧《ふうあつ》を感じた。ゴムが焼けるいやなにおいがした。

「おい」

ザラザラした声が耳元で聞こえた。

楽器店で消えた男の声だ。

「振《ふ》り向くのがこわくて、スタジオまで走りました」

慌《あわ》てて地下にあるスタジオへの階段《かいだん》をかけ下りると、兄たちがロビーにいた。

「どうした？」

兄がのんびり言った。

「遅《おく》れたかと思って・・・・」

きっと話しても信じてもらえないだろうと思い、とっさに誤魔化《ごまか》した。

汗《あせ》をふいて、ドキドキしている気持ちを抑《おさ》えた。

スタジオを出ると、夕焼けで空が真っ赤に染《そ》まっていた。通りには車がたくさん走っている。大通りの向こうは、不気味な声に呼びかけられた電車の高架《こうか》だ。

突然《とつぜん》、ごおっという音といっしょに髪《かみ》が乱《みだ》れるほどの強い風が吹《ふ》いた。顔を上げると、目の前の大通りを走る車は一台もいなくなっていた。代わりに赤茶けた金属《きんぞく》の板のような物が何枚《まい》も、風にあおられて飛んでいた。それが大通りに落ちて、逃《に》げまどう人影《ひとかげ》を潰《つぶ》した。「わっ」思わず声が出た。

兄が振《ふ》り向いた。

「ぼーっと歩いていると危《あぶ》ないぞ」

ハッと瞬《まばた》きする間に、風景は元に戻《もど》っていた。

それからときどき、不思議なことが起こる。それも決まった場所だ。

Rくんも友人に声をかけてメンバーを集めて、自分たちのバンドをつくり、練習で音楽スタジオに入るようになった。

その日も、友だちといっしょにいつもの音楽スタジオで練習していた。音楽スタジオは外に音がもれないように二枚《まい》の厚《あつ》く、重い扉《とびら》になってる。扉《とびら》にはガラス窓《まど》があるが、ぴったりと顔を張《は》りつけないと簡単《かんたん》にはのぞけない。外に誰《だれ》かがいるのはわかるが、それが誰《だれ》なのかは、扉《とびら》を開けるまではわからない。

Rくんの位置からドアが正面に見えた。ドアの前を何回も横切る人がいた。横切るたびに、首を伸《の》ばすようにしてガラス窓《まど》を見ていた。

「R。さっきからなにを見てるんだ?」

演奏《えんそう》の合間にRの向かい側にいたメンバーの一人が言った。

「いや、ドアの外を何回も通る人がいて」

「トイレじゃないか?」

この階《かい》には、トイレがない。そしてRたちが使っているスタジオは、いちばん奥《おく》で、非常階段《ひじょうかいだん》の隣《となり》だ。エレベーターは一機だけ。スタジオのスタッフが作業でもしていたのかなと、そのときは思った。再《ふたた》び、練習がはじまる。また少しすると黒い人影《ひとかげ》がドアの前を横切った。ぐぅっと、こちらに顔を向けるのも同じだ。さすがに変じゃないか。Rは時計が気になりだした。一〇分に一度くらいに、すぅーっと人が横切る。ぐぃっと顔がガラス窓《まど》を向く。

「おい。R。どうした?」

気を取られて、音を外していた。

「ごめんごめん」

自然にドアに目がいった。

ドアにいちばん近い場所にいたメンバーが「今度通ったら目で合図して」と言った。

それから少しして、Rは言われたとおり目で合図した。彼《かれ》はすばやく一枚《まい》、二枚《まい》とドアを開ける。しかし、そのときには人影《ひとかげ》はガラスから離《はな》れていた。

「おまえ、だましたなあ」

笑いながら戻《もど》ってきた。

「誰《だれ》もいないよ」

「いや、ウソじゃないよ」

Rは自分もドアの外に出た。

「俺《おれ》も、ちらっと鏡《かがみ》に映《うつ》った影《かげ》を見たよ」

大きな鏡《かがみ》の正面にいた別のメンバーも、そう言いながら外に出てきた。

非常階段《ひじょうかいだん》のドアには内側からカギが掛《か》かっているため外に出たはずはない。五人とも妙《みょう》な顔でスタジオに戻《もど》り、ドアを閉《し》めた。

ヴォオオオオ。キィイイイイ。

突然《とつぜん》、アンプがけたたましく叫《さけ》びを上げ、電源《でんげん》が切れた。

練習の後、片《かた》づけの確認《かくにん》に入ったスタジオスタッフに、アンプの異音《いおん》を伝えた。しかし、スタッフが調べたが、故障《こしょう》などではなかった。

「ハウリングかな？　音量上げたまままつないだりしなかった？」

そっけなく、そう言った。

「そのときに、練習をスマホで録音《ろくおん》していたんですが、後で再生《さいせい》してみたら、ノイズというか・・・・」

Rがポケットからスマホを取り出した。

ミサキはRを手で制《せい》した。

「いまここで再生《さいせい》しないで。Rくんのほかにその日の練習を録音《ろくおん》した人はいますか？」

「録音《ろくおん》していたメンバーはいなかったと思うけど。あっ、ノイズに興味《きょうみ》があるから送ってくれと言われて、メンバーの一人に送りました」

「そのお友だちに連絡《れんらく》できる？　電話でもメールでもいい」

Ｒの顔が曇《くも》った。

「ケンジ。送った友だちの名前ですけど。事故《じこ》に遭《あ》って入院してます」

「ケンジ！　５組の？」

保臣《やすおみ》が叫《さけ》んだ。

「やばくないか」

Ｒと保臣《やすおみ》が顔を見合わせた。

「なにがやばいの？」

ミサキが尋《たず》ねた。保臣《やすおみ》がＲの代《か》わりに答えた。

「ありえない事故《じこ》だって噂《うわさ》です。バイト先で・・・」

ケンジはレストランでアルバイトをしていた。閉店後《へいてん》、厨房《ちゅうぼう》の拭《ふ》き掃除《そうじ》をしていると、火の消えたガス台が、突然《とつぜん》発火したというのだ。命に別状《べつじょう》はないが、ひどいやけどを負《お》ったそうだ。

「送ったスマホのノイズのせいですか？」

「たぶん」

ミサキがつぶやいた。

「Rくんの家の中でも何か、変なことが起きていない？」

ミサキが質問《しつもん》した。


「いいえ。家では何も起きていません」

「ということは、家では再生《さいせい》していないのね」

Rがうなずいた。ミサキは少しホッとしたように続けた。

「その男を見たとき、返事をしなくてよかった。一度目、二度目とも、返事をしていたら、すぐに取り憑《つ》かれていた。いまはまだ、Rくんを目標にして追いかけているところだと思います。近くまでは来ているけれど。その男を見ても、絶対《ぜったい》に答えないで。そして、スマホのノイズ。これはその男からの呼《よ》びかけだから、すぐに消してください。これが解決《かいけつ》方法の一つ」

「それだけですか？」

保臣《やすおみ》が不思議そうに言う。ミサキは頷《うなず》いて、続ける。

「そう、それだけ。その男は死霊《しりょう》です。たぶん空襲《くうしゅう》で亡《な》くなっています。いつもはRくんが、その男を最初に見た場所を、さまよっている」

「東京にいる霊《れい》が、なぜ横浜にもいるんですか？」

Rが泣き出しそうに言った。

「それに、簡単《かんたん》に言うけど、すごくこわいです」

「その霊《れい》は自分と同じ理由で亡《な》くなった人がいる場所へ動くことができるのかもしれない。それなら戦争で空襲《くうしゅう》があった場所なら、横浜にいてもおかしくない」

「霊《れい》には霊《れい》の通れる道があるのか・・・」

保臣《やすおみ》がつぶやいた。

「Rくんが空襲《くうしゅう》の幻《まぼろし》を見たのは、その霊《れい》が自分の見たものを、Rくんに教えているのだと思う。取り憑《つ》かなくても、ちらちらと姿《すがた》を見せることで、すでに影響《えいきょう》を与《あた》えている。呼《よ》びかけにも、邪気《じゃき》が籠《こ》もっている。このままでは危《あぶ》ないことはわかっているの。

どうすればいいかな」

ミサキは再《ふたた》び考え込《こ》んだ。

「慰霊《いれい》の碑《ひ》は大きな空襲《くうしゅう》があった町には必ずあるけれど、亡《な》くなった方の数が多すぎる。完全には鎮《しず》めきれなくて、その霊《れい》のように、何かのきっかけで動き出すモノがいる。いままでにも、きっとRくんのようにその霊《れい》を見た人はいるかもしれない。どうしてRくんだけを追いかけるのか、理由がわからない。それがわからないと本当の解《かい》決《けつ》にはならないと思う」

会話が途切《とぎ》れ、静けさが三人を包《つつ》んだ。

「霊《れい》は目に見えてあらわれるだけじゃなく、音の中からも来るのか・・・・?」

保臣《やすおみ》の言葉に、突然《とつぜん》ミサキが叫《さけ》んだ。

「わかった！　Rくんは、たぶん増幅器《ぞうふくき》なんだ」

「増幅器《ぞうふくき》？」

保臣《やすおみ》もRも不思議そうな顔でミサキを見た。

ミサキは説明した。

「電気楽器は増幅器《ぞうふくき》（アンプリファイア）につなぐと大きな音が出せる。Rくんは、その霊《れい》にとってアンプになる存在《そんざい》。霊《れい》の力を大きく強くできる。だから追いかけてまで、接触《せっしょく》してきた。霊《れい》が強くなって何がしたいのかは、まだわからない。でも、この考え方が正しければ、Rくんを守りながら解決《かいけつ》する方法がある」

ミサキは立ち上がると、別の部屋に行き、何かを手にして戻《もど》ってきた。

「Rくんにお守りをあげる。できるだけ身につけていて。身につけるのが難《むずか》しいときは、すぐ手に取れる場所に置いて」

ビー玉くらいの水晶《すいしょう》が、網《あみ》に入っている。紐《ひも》がついていて、首からも提《さ》げられるようになっている。Rが増幅器《ぞうふくき》として狙《ねら》われているなら、いま渡《わた》したお守りは、Rの増《ぞう》幅《ふく》を打ち消す効果《こうか》があると考えた。

「二人が大丈夫《だいじょうぶ》なら、行きましょうか。Rくんが最初に霊《れい》を見た場所に」

三人はRがはじめに男の霊《れい》を見た場所に向かった。

短い秋の日が傾《かたむ》きはじめている。

「あっ、男が店の前に立ってる！」

Rが言った。

店の前を通っていく人達は誰《だれ》も気づかないようだ。その瞬間《しゅんかん》、男の霊《れい》は、もう三人の目の前にいた。

「おい。見えているだろう」

ミサキはRを目で制《せい》した。Rには霊《れい》から話しかけられても、絶対《ぜったい》に返事をしてはいけないと言ってある。そして、横浜のときのように、空襲《くうしゅう》の幻《まぼろし》を見るかもしれないが、こわがらないと約束させた。

「見えています」

ミサキが替《か》わって答えた。霊《れい》にはミサキの声は聞こえるが、姿《すがた》が見えないようだ。窪《くぼ》んだ真っ黒な目がミサキを探《さが》している。

「あなたは何がしたいのですか？」

スライドが切り替《か》わるように、空が真っ赤になった。ガソリンとゴムの焼けるいやなにおいがした。パチパチと火のはじける音。遠くで悲鳴《ひめい》や叫《さけ》び声が聞こえる。じりじりと熱い風が三人の周《まわ》りを吹《ふ》き荒《あ》れた。

Rは目を固く閉《と》じた。

「オン・カカカ・ビ・サンマ・エイ・ソワカ・・・・」

保臣《やすおみ》は地蔵菩薩《じぞうぼさつ》真言《しんごん》を唱《とな》えている。

ここに来る前に、ミサキは保臣《やすおみ》に言った。

「幻《まぼろし》の中で、霊《れい》に憐《あわ》れみを感じそうになったら地蔵菩薩《じぞうぼさつ》の真言《しんごん》を唱《とな》えること」

「もう一度尋《たず》ねます。あなたは何がしたいのですか？」

ミサキが静かに語りかけた。

道の端《はし》にたたずんでいる三人と男の霊《れい》の前を、通行人が過《す》ぎていく。男はRに近づき、焼けただれた両手でRの肩《かた》を掴《つか》んだ。

「おまえ　見えているだろう。一言俺《おれ》に返事をしろ。もっと力をよこせ。知らぬ振《ふ》りで通り過《す》ぎるやつらに、あの日の恐怖《きょうふ》を見せてやる」

ぐっと、Rが喉《のど》を詰《つ》まらせたが、なんとか持ちこたえた。保臣《やすおみ》は歯を食いしばりながら、小さく真言《しんごん》を唱《とな》えている。

「あなたの力を強めて幻《まぼろし》をつくっても、この時代ではもう誰《だれ》も気づく人はいない。この子の力を得ても、これ以上、何もできません。あなたの町を焼いた憎《にく》しみの炎《ほのお》と同じ邪悪《じゃあく》なモノになるだけ。もうやめて、安らかに眠《ねむ》りなさい」

ミサキは印《いん》を組み、唱《とな》えていた真言《しんごん》を替《か》える手順に入った。

うぉおお、男の声が悲しげなサイレンのように真っ赤な空に響《ひび》いた。

次の瞬間《しゅんかん》、空の赤さが夕焼けの色に戻《もど》る。ひんやりした空気が秋の日暮《ひぐれ》を告《つ》げた。

「行きたい場所があれば、連れていきます」

「家に帰りたい。川の向こうだ」

霊《れい》はつぶやくと、小さい光りになった。ミサキは数珠《じゅず》で光りを包《つつ》むと歩き出した。

Rと保臣《やすおみ》もそれに続く、駅を横に見て、賑《にぎ》やかな通りを過《す》ぎ、橋を渡《わた》る。このあたりには、古い家がいまも少し残っている。数珠《じゅず》に守られた光りは、徐々《じょじょ》に弱くなり、やがてすっと消えた。

「燃《も》える町から、家に帰ることができなかったんですね。こんなに近いのに・・・・」

保臣《やすおみ》がぽつりとつぶやいた。

◎放送局に出る軍人の霊《れい》

東京都渋谷区にある放送局は、旧《きゅう》陸軍刑務所《りくぐんけいむしょ》の跡地《あとち》に建っています。そのため、二・二六事件《じけん》（一九三六年二月二十六日から二月二十九日にかけて起こった陸軍将校《しょうこう》による反乱《はんらん》事件《じけん》）で処刑《しょけい》された軍人の幽霊《ゆうれい》の噂《うわさ》があります。特に、古く大きな101スタジオは、処刑場《しょけいじょう》の跡《あと》という噂《うわさ》があり、血まみれの軍服を着た霊《れい》が、いちばん多く目撃《もくげき》されています。

テレビ局は、録音《ろくおん》や編集《へんしゅう》作業で深夜まで人が働く場所です。それでも深夜には、働く人は限《かぎ》られています。そんな人の少ない時間に作業をしていると、ザックザックと大勢《おおぜい》の人が行進する重い足音が聞こえるそうです。音声の録音《ろくおん》や編集《へんしゅう》をする場所は、廊下《ろうか》に面していますが、厚《あつ》い二重のガラスになっています。大きな音は聞こえないはずですが、行進する足音は、はっきり聞こえるそうです。また、西館のエレベーターに、深夜に乗るといっしょに軍人の霊《れい》が乗って来るという噂《うわさ》があります。また、近くの税務署《ぜいむしょ》には、二・二六事件慰霊《いれい》の観音像《かんのんぞう》があります。

◎旧《きゅう》Fテレビ

亡《な》くなったアイドルの霊《れい》が、番組に映《うつ》ったと話題になりました。

一九八六年六月テレビ番組の放送中に、亡《な》くなったアイドルの顔が画面に映《うつ》ったそうです。音楽番組の収録前《しゅうろく》に、亡《な》くなったアイドルの姿《すがた》を見たという噂《うわさ》もあります。(亡《な》くなったアイドルの友人だった歌手が、出演《しゅつえん》する番組だったそうです。)

また、旧社屋《きゅうしゃおく》の貴賓室《きひんしつ》には、仕事中に事故《じこ》などで亡《な》くなった人の遺影《いえい》が飾《かざ》られていたそうですが、深夜、その写真が傾《かたむ》く、動くなどの噂《うわさ》があったそうです。

誰《だれ》もいない階《かい》でエレベーターの扉《とびら》が、開いたり閉《と》じたりを繰《く》り返しているのを目撃《もくげき》したという噂《うわさ》もあります。

テレビ局は、番組のセットなどで、あちこちに「架空《かくう》」の空間をつくります。「架空《かくう》」の空間は、違《ちが》う世界に繋《つな》がりやすく、霊《れい》も出やすいということかもしれません。

テレビ局で流す映像《えいぞう》や音声などの、電波信号の多くは、増幅器《ぞうふくき》を通して、より大きくして流されています。誰《だれ》もいないのに音がする、背筋《せすじ》がぞっとするほどの静電気が起きるなどの不思議な現象《げんしょう》は、霊的《れいてき》な現象《げんしょう》に似《に》ているため、霊《れい》は電磁波《でんじは》に関係があると考える人たちによれば、テレビ局には、霊《れい》が住み着きやすいそうです。

◎空襲《くうしゅう》で焼けた場所にあるスタジオなど

太平洋戦争末期、日本全国の主な都市は、米国軍による爆撃《ばくげき》（空襲《くうしゅう》）を受けました。軍事施設《しせつ》だけでなく、民間の建物も標的となり、そこに住む人々も大きな被害《ひがい》を受けました。

そのころは木造《もくぞう》の建物が多く、落とされる爆弾《ばくだん》も火災《かさい》による被害《ひがい》を大きくするようにつくられたものでした。焼夷弾《しょういだん》と言います。空襲《くうしゅう》では、あたり一面が火の海になり、多くの人が犠牲《ぎせい》になりました。終戦後も、焼け焦《こ》げた衣服の霊《れい》、水を求める霊《れい》の声など、空襲《くうしゅう》の記憶《きおく》を残した霊《れい》が目撃《もくげき》される噂《うわさ》の場所は、いまでも多く残っています。特に、音楽が演奏《えんそう》される場所や、水辺《みずべ》は不思議な現象《げんしょう》が起きたり、霊《れい》が集まりやすいようです。

◎秋葉原A○○劇場《げきじょう》

人気アイドルたちが出演《しゅつえん》する劇場《げきじょう》です。ここではときどき、人のいるはずのない時間に、客席をぎこちなく歩き回る人影《ひとかげ》が目撃《もくげき》されるそうです。

ぼろぼろで、ところどころ焼け焦《こ》げた姿《すがた》から、空襲《くうしゅう》で亡《な》くなった人の霊《れい》ではないかと噂《うわさ》されています。このあたりの音楽スタジオや楽器店でも、「水をください」という声を聞いた。昔の人の服で階段《かいだん》に座《すわ》っている姿《すがた》を見た。などの噂《うわさ》があります。大きな空襲《くうしゅう》を受けた場所にあるスタジオでは、誰《だれ》もいないスタジオから人の気配がする。録音《ろくおん》した曲に、メンバーではない人の声が入る。など、不思議な現象《げんしょう》が起こるスタジオがあります。

見えない道

縄筋《なわすじ》

香川県Ｓ市●兵庫県Ｓ郡●岡山県Ａ市 など

それは銀杏《いちょう》の葉が黄色に変わりはじめた十月のある日のことだった。

ミサキは従姉妹《いとこ》の志織《しおり》の家に、向かっていた。母に頼《たの》まれて秋の果物を届《とど》けるところだ。彼女《かのじょ》の家は、少し離《はな》れた町にある小さな神社だった。境内《けいだい》には大きな銀杏《いちょう》の木がある。掃除《そうじ》が行き届《とど》いている境内《けいだい》は近所の子どもたちのいい遊び場だ。

その日も、境内《けいだい》には数人の子どもたち遊んでいたがいた。

「こんにちは」

「はい」

巫女《みこ》姿《すがた》の志織《しおり》が、社務所《しゃむしょ》を兼《か》ねた玄関《げんかん》から出てきた。

「なあんだ。ミサキか」

彼女《かのじょ》は笑いながら言った。

「緊張《きんちょう》して損《そん》しちゃった」

宮司《ぐうじ》である志織《しおり》の父は、神事の手伝いを頼《たの》まれて出かけているそうだ。

この時期は、七五三参《まい》りの申し込《こ》みをする人が来るかも知れないから、宮司《ぐうじ》が戻《もど》るまで巫女《みこ》の姿《すがた》で留守番《るすばん》をしているとのことだった。ミサキは母から託《たく》された果物を渡《わた》した。

「母からご神前にお供《そな》えくださいとのことです」

「はい、ありがたく頂戴《ちょうだい》いたします」

志織《しおり》はかしこまって受け取った。

「ミサキ、せっかく来たのだから、境内《けいだい》の掃除《そうじ》を手伝ってよ」

「はいはい、お手伝いさせていただきます」

ミサキと志織《しおり》は箒《ほうき》を持って、境内《けいだい》に出た。

「わあ。巫女《みこ》さんだ」

「巫女《みこ》さんだ」

遊んでいた子どもたちが志織《しおり》を見て騒《さわ》いでいる。

「巫女《みこ》さん、大人気ですね」

ミサキがからかう。志織《しおり》もまんざらでもなさそうだ。

「ミサキも巫女《みこ》の装束《しょうぞく》を着てみたら？　お正月はうちでバイトしなよ」

子どもたちの中に、一人、みんなから少し離《はな》れて、こちらを見ている女の子がいた。

「あの子、この間、七五三参《まい》りの申し込《こ》みにご家族といっしょに来た子だ」

「七歳《さい》には見えないけど、もう少し大きくない？」

「あの子のお参《まい》りじゃなくて、弟さんだったよ。受付は五歳《さい》のお参《まい》りだったから。そういえば・・・・」

志織《しおり》が何かを思い出したように話した。

「そのとき、あの子、退屈《たいくつ》しちゃったみたいで、十歳《さい》くらいの女の子っていろいろなことに興味《きょうみ》を持つじゃない。巫女《みこ》さんて何をする人なの？　とか。神社の裏《うら》にある禁足地《きんそくち》のことも聞かれて困《こま》っちゃった」

禁足地《きんそくち》とは、入ってはいけない場所のことだ。いろいろな理由で立ち入り禁止《きんし》にしている。神社やお寺では神聖《しんせい》な場所を示《しめ》すことが多いが、普通《ふつう》の山林でも、貴重《きちょう》な植物や生き物を守るために、一般《いっぱん》の人は立ち入り禁止《きんし》にしている場所もある。この神社の裏手《うらて》には四隅《すみ》に竹を立て、注連縄《しめなわ》で囲まれた禁足地《きんそくち》がある。禁足地《きんそくち》といっても、自動車二台分くらい広さだ。清水が湧《わ》く小さい池がある。池を取り囲むように低木と白い砂利《じゃり》が敷《し》き詰《つ》めてあるが、社《やしろ》や祠《ほこら》はなかった。大人なら注連縄《しめなわ》に近寄《ちかよ》れば、中が見渡《わた》せた。立ち入り禁止《きんし》の理由について、志織《しおり》の父はなにも説明してくれない。

「立ち入り禁止《きんし》はずっと昔から。なぜかと聞かれたら、ご神域《しんいき》だからと答えればいい」

と言った。注連縄《しめなわ》で四隅《すみ》を囲っているのは、子どもが迷《まよ》い込《こ》むと危《あぶ》ないからというのだが、迷《まよ》うほどの広さではないので、不思議だった。ミサキも志織《しおり》も立ち入り禁止《きんし》の理由について、それ以上は知らない。

「おねえさん」

急に話しかけられた二人はびっくりした。いつのまにか、女の子がそばに来ていた。

「こんにちは、なにかご用?」

志織《しおり》が尋《たず》ねた。女の子の顔がぱっと明るくなり、笑顔になった。

「わたしのこと、覚えてる?」

「覚えているわよ。いろいろ質問《しつもん》してわたしを困《こま》らせたよね」

女の子は「文香《ふみか》」と名乗った。小学校四年生だそうだ。

「じゃあ、巫女《みこ》のおねえさん。約束も覚えてる?」

約束・・・・志織《しおり》はしまったという顔をした。この子と何か約束をしたのだろうか。すっかり忘《わす》れている。

彼女《かのじょ》のそんな様子を見た女の子は残念《ざんねん》そうにうなだれた。

「やっぱり、忘《わす》れちゃったんだ」

「ねえ、それは、もしかしてご神域《しんいき》のことじゃない？」

ミサキが助け船を出した。文香《ふみか》は再《ふたた》び笑顔になった。

「わたしはあなたと巫女《みこ》さんの約束を知らないから、もう一度、わたしに教えてくれない？」

「いいよ」

女の子が話し出した。

今年の夏祭りのことだ。文香《ふみか》は家の人といっしょに、お祭りに出かけた。駅から神社までの道には露店《ろてん》も出ている。いつもと違《ちが》う雰囲気《ふんいき》が楽しかった。学校の友だちもたくさん来ていた。

「ぜったいに暗くなる前に、帰るからお友だちといっしょに回っていい？」

文香《ふみか》は、お母さんに頼《たの》み込《こ》んだ。夏祭りといっても、地元の小規模《きぼ》なもので、わざわざ電車に乗って遠くから来る人はいない。そんな雰囲気《ふんいき》だ。お母さんは少し考えたようだったが、

知らない人についていかない。無駄遣《むだづか》いしない。お行儀《ぎょうぎ》よくする。ぜったいに暗くなる前に家に戻《もど》る。この四つを守るならば。と言って許《ゆる》してくれた。

文香《ふみか》は友だちといっしょにお祭りを楽しんだ。

夕暮《ゆうぐ》れが近くなる。そろそろ家に帰る時間だ。文香《ふみか》は、神社にお参《まい》りをしていないと気がついた。いつもはお参《まい》りしてから露店《ろてん》を回るのだが、途中《とちゅう》で友だちと合流してしまったから、うっかり忘《わす》れていたのだ。

「わたしは神社でお参《まい》りしてから帰るね」

友だちと別れて、文香《ふみか》は一人でお参《まい》りをした。お参《まい》りが終わり、さあ、帰ろうと思ったときだ。

しゃらん　しゃらん。

聞いたことのない音がした。かすかだが、耳に残る美しい音だ。

しゃらん　しゃらん。

「なんの音だろう」文香《ふみか》は思わず、音の聞こえて来る方向に足を向けた。音は神社の裏から聞こえる。神社の裏手《うらて》はウソのように人がいなかった。明かりの届《とど》かない場所があって、もう日が暮《く》れたように暗い。音は立ち入り禁止《きんし》の注連縄《しめなわ》の向こうから聞こえている。文香《ふみか》はそっと近づいてみた。しゃらん、音とともに、ぽっと小さい光りがあらわれると、その場でくるくる回った。蛍《ほたる》かしらと思った。くるくる回るたびに、小さい光りは少しずつ大きくなっている。

しゃらん。

光りは突然《とつぜん》人の形になって、文香《ふみか》の目の前にあらわれた。

「わあっ」文香《ふみか》は驚《おどろ》いて、手に持っていた籠《かご》を落としてしまった。

籠《かご》の中身が地面に広がった。スーパーボールすくいで、取れたスーパーボールの入った袋《ふくろ》、細々としたお出かけセットなどだ。カラフルなボールは弾《はず》んで、いくつかは注《し》連縄《めなわ》の向こうに入ってしまった。文香《ふみか》は慌《あわ》てて中身を拾《ひろ》い、籠《かご》に詰《つ》めると、急いでその場所を離《はな》れた。

「思いだした！」

志織《しおり》が言った。

「文香《ふみか》ちゃんは、それからずっと、なにか、落とし物をしているような不思議な気持ちなのよね。ご神域《しんいき》に落とし物がないか、宮司《ぐうじ》さんに聞いてあげる約束したよね」

文香《ふみか》がうなずいた。

「ごめんなさい。今日は宮司《ぐうじ》さんがいないの。境内《けいだい》は毎日掃除《そうじ》しているけど、境内《けいだい》に落とし物はありませんでした。ご神域《しんいき》も少し見てみましょうか」

「志織《しおり》さん、ちょっと待って」

とミサキが言うより早く、彼女《かのじょ》は文香《ふみか》を連れて、神社の裏手《うらて》に向かって歩きはじめた。ミサキも後を追った。

「やっぱり、何も落ちていないね」

注連縄《しめなわ》を張《は》った竹の間から中を見ながら、つぶやいた。神域《しんいき》の中はひっそりとしていた。小さい池。白い砂利《じゃり》が道のように敷《し》いてある。文香《ふみか》の言ったとおり、スーパーボールがいくつか弾《はず》んで中に入って行ったとしたら、目立つだろう。ところが掃《は》き清《きよ》めたように、何も見あたらない。

「ここは宮司《ぐうじ》も年に数回しか入らないから・・・・」

「あった！」

突然《とつぜん》、文香《ふみか》が叫《さけ》び、身をかがめると注連縄《しめなわ》をくぐった。

「ダメ！」

志織《しおり》もミサキも慌《あわ》てて文香《ふみか》を捕《つか》まえようとしたが、間に合わなかった。

「早く戻《もど》って！」

志織《しおり》が叫《さけ》んだ。

文香《ふみか》は何かを手にすると、注連縄《しめなわ》の向こうで立ち上がった。こちらに戻《もど》ろうと、振《ふ》り返りながら、白い砂利《じゃり》を踏《ふ》みしめた。そのとき、すっと文香《ふみか》の姿《すがた》が消えた。

「ウソ！」

志織《しおり》が真っ青な顔で叫《さけ》んだ。

「いけない、どうしよう」

「志織《しおり》さん、伯父《おじ》さんに連絡《れんらく》して、急いで」

ミサキは、注連縄《しめなわ》をくぐろうとしていた。

「ミサキ！　なにをするの！」

「わたしはあの子を探《さが》しに行く。急がないと。どこに通じているかわからないけど、ここには、わたしたちには見えない道がある。志織《しおり》は伯父《おじ》さんに電話して、こちら側から助ける方法を聞いて。お願い」

ミサキはそう言うと、注連縄《しめなわ》をくぐり抜《ぬ》け、白い砂利《じゃり》道を踏《ふ》みしめた。

ミサキの回りの空気がぐんと加速した。ジェットコースターで落下するときのような感じだった。なかなか目が開けられない。

「文香《ふみか》ちゃん！」

ミサキが叫《さ》んだ。

「聞こえたら返事をして！」

びゅうびゅうと音をたてて、周《まわ》りを何かが飛び去《さ》っていく。ミサキは風の勢《いきお》いに耐《た》えて目を開いた。足が地面についた。目の前には、細く長い道が白い布《ぬの》のように、真っ直ぐ果《は》てしなく続いている。

「文香《ふみか》ちゃん！」

ミサキはその場で、あたりを見回した。道の外側には風がすごい勢《いきお》いで吹《ふ》き荒《あ》れているようだが、いまは、風の音は聞こえなかった。周囲は暗い海の中のようだ。暗闇《くらやみ》の中を風に乗っていろいろなモノが通りすぎていく気配がしていた。ときどきぼんやりと明るくなり、そのときには少し周囲の様子が見えた。薄明《うすあ》かりに照らされて、大きな目玉だけが一つ、黒目でじろりとミサキを睨《にら》んで通り過《す》ぎて行った。

「ものの怪《け》の道」ミサキは息をのんだ。遥《はる》か先に、小さな人影《ひとかげ》が見えたような気がした。

「文香《ふみか》ちゃんかもしれない」しかし、一歩を踏《ふ》み出す勇気がでない。心の中で真言《しんごん》を唱《とな》えながら、一歩足を踏《ふ》み出して、もう一度文香《ふみか》の名を呼《よ》んだ。

「ミサキなぜここにいる」

どこかで聞いた声がした。周囲の闇《やみ》が少し薄《うす》れ、中から白い顔が浮《う》き出した。

「金色姫《こがねひめ》！」

金色姫《こがねひめ》を乗せた馬が、闇《やみ》から道に踊《おど》り出た。

「迷《まよ》い込《こ》んだのか？」

「女の子を捜《さが》しに入りました」

「ほー。捜《さが》しているのはこの童《わらべ》か」

見ると馬の首にもたれるように、文香《ふみか》が乗っていた。ぐったりとして気を失《うしな》っているようだ。

「わたしがこの道を通っていたら、落ちてきた」

「姫《ひめ》。その子をお返しください」

ふふふ。金色姫《こがねひめ》はいたずらっぽく笑った。

「それは、できぬのう」

「お願いです。お返しください」

「ミサキらしくもない。この道の掟《おきて》を知らぬはずはあるまい。この道は魔《ま》の道、神の道じゃ。人が入るには、よくよくの理由がなくてはならぬ」

「この子は間違《まちが》って迷《まよ》い込《こ》んだのです」

「果《は》たして、誠《まこと》にそうであろうか」

金色姫《こがねひめ》が続けた。

「わたしはこれより姫路《ひめじ》を訪《たず》ねるのじゃ。刑部姫《おさかべひめ》の元には、姫《ひめ》に仕《つか》える童《わらべ》が大勢《おおぜい》いる。そのうちの一人の具合が悪く、その見舞《みま》いも兼《か》ねている。途中《とちゅう》でよき女童《めわらべ》がいたらお連れ申す約束じゃ。そんなおりに出会ったのだぞ。この童《わらべ》、縁《えん》があるとは思わぬか」

「たとえ縁《えん》があったとしても、返してください。この子の親が悲しむでしょう」

「人が悲しもうと悲しむまいと、我《われ》らには関わりない」

黒馬がせせら笑うように歯《は》をむいた。

「この道を通るもの人にあらざれば、道に人の理屈《りくつ》は通らぬ」

ミサキは困《こま》ってしまった。自分が戻《もど》る方法もまだわからない。それに金色姫《こがねひめ》たちは、ミサキについて、なにか思い違《ちが》いをしているようだ。

「ミサキらしくもないとは」もしかして、ミサキをものの怪《け》のなかまだと思っているのだろうか。

「いったいどうすればいいのだろう」金色姫《こがねひめ》たちの話によれば、ここは人外の世界。真言《しんごん》や護符《ごふ》がどこまで効果《こうか》があるか、まったくわからない。それに金色姫《こがねひめ》たちは忘《わす》れられたとはいえ、神ではないか。力ずくで文香《ふみか》を取り戻《もど》せるのだろうか。そのとき、しゃらん、しゃらん。かすかに美しい音が響《ひび》いてきた。

「御前《ごぜん》さまが召《め》します」

かわいい少女の声がした。

一瞬《いっしゅん》で場所が変わった。畳敷《たたみじ》きの広間にミサキはたたずんでいた。金色のふすまには大輪《たいりん》の牡丹《ぼたん》や菊《きく》の花が咲《さ》き乱《みだ》れている。時代劇《じだいげき》で見るような豪華《ごうか》な大広間だった。ふと気づくと、ミサキの横に金色姫《こがねひめ》、文香《ふみか》が並《なら》んで座《すわ》っていた。ただならぬ雰囲気《ふんいき》にミサキもその場に座《すわ》る。向こう側は一段《いちだん》高くなっていて、その上に銀色の刺繍《ししゅう》をした着物を着た女性《じょせい》が、ゆったりと座《すわ》っていた。身分の高いお姫《ひめ》さまのようだ。

「刑部姫《おさかべひめ》さま」

金色姫《こがねひめ》が畳《たたみ》に指《ゆび》をつき、おじぎをした。ミサキも金色姫《こがねひめ》にならっておじぎをした。

「金色殿《こがねどの》が遅《おそ》いので、迎《むか》えをやりました」

刑部姫《おさかべひめ》の言葉がゆっくり聞こえる。美しい声だが、底知れない威圧感《いあつかん》があった。

「なるほど、それで時間がかかったのですね」

金色姫《こがねひめ》が話している様子はない。刑部姫《おさかべひめ》は心を読むように、状況《じょうきょう》がわかるのだろうか。

「面倒《めんどう》なことになったと思っていますね」

ミサキの心を読んだように刑部姫《おさかべひめ》が言った。

「でもない。と思いますよ。安心していらっしゃい。まず、金色殿《こがねどの》にお礼《れい》を言います。その子を連れて来てくれてありがとう」

ミサキはハッとした。やはり文香《ふみか》をものの怪《け》のなかまにしてしまうのだろうか。

ぎゅっと数珠《じゅず》を握《にぎ》りしめた。


「わたしは、大事ないと言いましたよ」

ミサキの腕《うで》から力が抜《ぬ》けた。動けない。

「もう少し、落ち着いて聞いていらっしゃい。誰《だれ》か桔梗《ききょう》を連《つ》れておいで」

「はい」という声とともに、桔梗《ききょう》と呼《よ》ばれた女の子が広間に出て来た。具合の悪い子はこの子だろうか、フラフラとしている。顔色は真っ白だ。

「文香《ふみか》さん。いらっしゃい」

刑部姫《おさかべひめ》が呼《よ》ぶ。文香《ふみか》がふわっと立ち上がり、前に出た。

二人は操《あやつ》り人形のように、刑部姫《おさかべひめ》の前に出ると、並《なら》んで座《すわ》った。

「二人は出会い頭に、魂《たましい》が少しだけ入れ替《か》わってしまったのです。妖《あやかし》の中に人の魂《たましい》が、人の中に妖《あやかし》の魂《たましい》が」

刑部姫《おさかべひめ》が言った。

「あの日、桔梗《ききょう》はあの道を通って人の世に行き、わたしの使いをするはずでした。文《ふみ》香《か》さんは人に変わる前の桔梗《ききょう》を見て驚《おどろ》いた。桔梗《ききょう》も同じように驚《おどろ》いたのです。人も妖《あやかし》も、子どもの魂《たましい》は小さいものです。ほら。こんなふう」

刑部姫《おさかべひめ》は極彩色《ごくさいしき》のスーパーボールを放《ほう》り投げた。ボールは、空中で虹色《にじいろ》に輝《かがや》くと、やがて板の間に落ち、トーントーンと跳《は》ねた。

「妖《あやかし》の魂《たましい》。いま返してもらいました。文香《ふみか》さんにも人の魂《たましい》を返しました」

桔梗《ききょう》と呼《よ》ばれた子は、元気を取り戻《もど》し、ぱたぱたとなかまの方に駆《か》け出した。文香《ふみか》は、ぼーっとしたままだ。

「ごめんなさい」

ミサキは無礼《ぶれい》をわびると、立ち上がり、文香《ふみか》を手元に引き寄《よ》せた。

「文香《ふみか》さんには、申し訳《わけ》ありませんが、少し物忘《わす》れをしていただきます。道の入り口を人に知られては困《こま》りますからね」

刑部姫《おさかべひめ》が微笑《ほほえ》みながら言う。

「これからどうしようかと思っていますね」

笛《ふえ》の音が聞こえた。

「あなたのおじさまが吹《ふ》いています。これは魔《ま》ものや神をなだめる曲です。舞《ま》いは志《し》織《おり》さん。ふふふ。あまりお上手《じょうず》ではないですが、一生懸命《いっしょうけんめい》ですね。ご褒美《ほうび》に、元の場所にお返し申しましょう。さて、わたしどもは退散《たいさん》いたします」

「お待ちください。刑部姫《おさかべひめ》さま、ありがとうございました」

ミサキは急いでお礼《れい》を言った。

「礼《れい》は金色殿《こがねどの》にも、お言いなさい。最初にその子を見つけたのが金色殿《こがねどの》だから、無事だったのですよ。ミサキ。その力は、ゆめゆめ使い方を間違《まちが》えてはなりません」

気がつくとミサキと文香《ふみか》は、池を臨《のぞ》む神社の境内《けいだい》に戻《もど》っていた。

◎刑部姫《おさかべひめ》

姫路城《ひめじじょう》の天守閣《てんしゅかく》に住むと言われているものの怪《け》です。城《しろ》に異変《いへん》が起こるときに姿《すがた》をあらわすと言われています。名城《めいじょう》と呼《よ》ばれる城《しろ》には、「城《しろ》化けもの」という名前が無いものの怪《け》が住むと言われていました。刑部姫《おさかべひめ》は古い伝説をもとにした戯曲《ぎきょく》「天守物語（泉鏡花《いずみきょうか》作）」で有名になりました。妖怪《ようかい》を束《たば》ねる高貴《こうき》な夫人の姿《すがた》をしています。

◎縄筋《なわすじ》

主に西日本にある悪魔《あくま》やものの怪《け》、鬼神《きしん》の通り道と考えられている道。

日本の民間伝承《でんしょう》の一つ。そこは

ごく普通《ふつう》の場所（住宅地《じゅうたくち》、農地など）にあるただの道だそうです。古戦場や処《しょ》刑場《けいじょう》などの言い伝えはまったくありません。縄筋《なわすじ》は、行く先が見えないほど細長い一本道とされ、この道の上や、道をさえぎるように建物を建てるとさまざまな災《わざわ》いが起こり、場合によっては化けものに取り憑《つ》かれると考えられています。建物を建てなくても、この場所で転《ころ》ぶと、病気になるとの言い伝えがあります。魔《ま》ものの通る時刻《じこく》は、だいたい決まっており、「子《ね》の刻《こく》」（現代《げんだい》の時刻《じこく》で午後十一時から午前一時の間）とされています。

　縄筋《なわすじ》は地方により名前が変わり、岡山県では「ナメラスジ」「ナマメスジ」「魔《ま》もの筋《すじ》」と呼《よ》ばれています。

※昔の時間の数え方（十二時刻《じこく》）

　二四時間を十二支《し》（干支《えと》）で分けて時間をあらわしました。十二支《し》のはじめ「子《ね》」からはじまります。正刻《せいこく》を午前0時と考え、前後の二時間である二三時から午前一時が「子《ね》の刻《こく》」となります。こわい話などでよく聞く「丑三《うしみ》つどき」は夜中の一時から三時の間を言います。

●一九三九年ごろ香川県K村の水源地《すいげんち》で、縄筋《なわすじ》と言われている道の一部を横切って新道がつくられました。するとその水源地《すいげんち》にある建物で宿直《しゅくちょく》していた全員が、さまざまな怪異《かいい》に襲《おそ》われたそうです。寝《ね》ている最中に何者かに首を絞《し》められる、苦しくて目を覚《さ》ますと黒い顔に赤い口の化けものがのしかかっていた、窓《まど》の外を何者かが走り回る音を聞いた、窓《まど》に砂利《じゃり》が投げつけられるような音がするなど、怪奇《かいき》な現象《げんしょう》が起こったそうです。縄筋《なわすじ》に新道を通したことが原因《げんいん》だと言う人がいて、お祓《はら》いをしてもらい、収《おさ》まったそうです。

●岡山県T山市のある住宅《じゅうたく》では、魔《も》ものの通行を妨《さまた》げないように、敷地《しきち》内にあるナメラスジの部分のみ、土塀《どべい》の一部をわざと壊《こわ》して、難《なん》を避《さ》けています。

ほんとうに魔《ま》ものの通り道なのか

縄筋《なわすじ》の言い伝えが、西日本に多く、東日本にほとんど無いことから、魔《ま》ものや化けものの通り道とする考えとは、まったく違《ちが》う考え方をする人もいます。古代から中世にかけておこなわれていた田畑の区切りである「縄目筋《なわめすじ》」がなまったものではないかとの考えです。

「縄目筋《なわめすじ》」は古代（奈良時代）の「条里制《じょうりせい》」に基《もと》づいた田畑の大きさです。当時の国家が（税金《ぜいきん》）を徴収《ちょうしゅう》する大切な単位でした。「縄目筋《なわめすじ》」に建物を建てると災《わざわ》いが起こるという言い伝えは、二区画分の税金《ぜいきん》を納《おさ》めることになるため、お金が貯《た》まらない（家が繁盛《はんじょう》しない）という意味の戒《いまし》めではなかったか？　という説です。

※条里制《じょうりせい》

古代から中世にかけておこなわれていた土地区画《くかく》（管理《かんり》）制度《せいど》です。ある範囲《はんい》の土地を一町（約一〇九メートル）間隔《かんかく》で直角に交《まじ》わる平行線により、正方形に区分しました。田畑を一定の大きさに定めると、作物の収穫量《しゅうかくりょう》をおおむね予測《よそく》することができます。一区分の縦《たて》を条《じょう》、横を里《り》と呼《よ》びました。

東日本に少ない理由

古代から中世の東日本は、西日本に比《くら》べ、未開の地でした。東日本では、多くの河川《かせん》がいまのように整備《せいび》されたのは、江戸時代になってからです。そのため、条里制《じょうりせい》による区画《くかく》の多くは、季節ごとに起こる河川《かせん》の氾濫《はんらん》によって失《うしな》われることが多く、碁盤《ごばん》の目のような「縄目筋《なわめすじ》」をつくることができませんでした。そのため、東日本では「縄目筋《なわめすじ》」という言葉に馴染《なじ》みがなかったので、言い伝えも少ないと考えられます。しかし東北、関東でも条里制《じょうりせい》に基《もと》づいた区画《くかく》の跡《あと》が比較的《ひかくてき》多く残っている場所もあります。栃木県・宮城県・埼玉県などです。調べてみれば、西日本の「縄筋《なわすじ》」のような言い伝えや禁忌《きんき》（してはいけないこと）が伝わる場所があるかもしれません。

◎子《ね》の刻《こく》参《まい》り

現代《げんだい》の時間で午後十一時から午前一時の間に「お百度参《まい》り（神社の鳥居《とりい》と拝殿《はいでん》の間を、一〇〇回往復《おうふく》して祈願《きがん》すること）」をおこなうと、願いが叶《かな》うという言い伝えです。縄筋《なわすじ》が信じられている地方では、良い願いだけでなく、呪《のろ》いをかける場合も、子《ね》の刻《こく》にお参《まい》りする方が、呪《のろ》いの力が強くなると言われているそうです。縄筋《なわすじ》を魔《ま》ものが通る時刻《じこく》は子《ね》の刻《こく》ですから、魔《ま》ものから呪《のろ》いの力を借《か》りるという意味があるのかもしれません。

ミステリースポット……解説

◎ミサキ

ミサキという言葉には、日本の古いものの怪《け》をあらわす意味もあります。もともとは神の先触《さきぶ》れとして、不思議な力が起きることを言いました。「ミサキ風」は神があらわれる前に吹《ふ》く激《はげ》しい風のことを言いましたが、その強さのために、時代がたつにつれ、吹《ふ》かれると病気になる魔風《まふう》と変化しました。丑寅御前《うしとらみさき》は、もともと丑寅《うしとら》の時間（と方角）を守護《しゅご》する神の使いでしたが、丑寅《うしとら》は鬼門《きもん》（鬼《おに》の出入りする方角）とする考えが広がると、祟《たた》りをなす存在《そんざい》と変化します。「ミサキ」に恐《おそ》ろしいイメージが強くなると、従来《じゅうらい》の神の使いというイメージをまったくもたない強力な祟《たた》りをもたらすものの怪《け》が登場します。たとえば「七人みさき」は、七人連れの怨霊《おんりょう》で、とても祟《たた》りの強い霊《れい》と言い伝えられています。昔、ある村で他所から来た旅人（七人の巡礼《じゅんれい》など）を密《ひそ》かに亡《な》き者にして、持っていた財産《ざいさん》を奪《うば》ったそうです。今もなおその恨《うら》みを晴らすために祟《たた》り続けると言われています。

◎ミサキが使う真言《しんごん》や呪文《じゅもん》、祝詞《のりと》

真言《しんごん》

仏教《ぶっきょう》で使う言葉です。「(仏《ほとけ》の)真実の言葉、秘密《ひみつ》の言葉」という意味があります。古代インドで使われていたサンスクリット語やパーリ語の呪文《じゅもん》でした。真言《しんごん》の起源《きげん》は仏教《ぶっきょう》より古いとする説があります。偉大《いだい》な力を持つ神仏《しんぶつ》をたたえて、守護《しゅご》を祈《いの》り、災厄《さいやく》を避《さ》ける言葉でした。古代インド語に近い発音や文字が使われています。呪文《じゅもん》として唱《とな》えるものが、真言《しんごん》です。文字は梵字《ぼんじ》と言います。真言《しんごん》は発音することが重要という考えから、唱《とな》えるときには、強く念じながら発音するそうです。

仏教《ぶっきょう》の起源《きげん》はインドですから、お経《きょう》もはじめはすべて古代インドの文字で書いてありました。仏教《ぶっきょう》がアジア各地に広がる途中《とちゅう》で、伝わった国で、読みやすくするため、古代インド語の音を、チベット文字や漢字など、それぞれの国の文字に翻訳《ほんやく》しました。

西遊記という中国の物語があります。「三蔵法師《さんぞうほうし》」が三匹《びき》の妖怪《ようかい》をお供《とも》にして、天竺《てんじく》(インド)にお経《きょう》を取りに行く旅の途中《とちゅう》で、それを邪魔《じゃま》するいろいろな妖怪《ようかい》と戦う話です。「三蔵法師《さんぞうほうし》」は実は名前ではなく、尊称《そんしょう》（敬《うやま》う呼《よ》び方）で、知識《ちしき》があり、お経《きょう》を翻訳《ほんやく》することができた法師《ほうし》（僧侶《そうりょ》）のことです。

祝詞《のりと》

神道《しんとう》で神に対して唱《とな》える言葉です。唱《とな》えることを奏上《そうじょう》すると言います。現代《げんだい》では耳慣《な》れない、古い時代の言葉（大和《やまと》言葉）を使っています。祝詞《のりと》の（のる）という言葉は「宣《の》る」という漢字であらわしますが、これは呪的《じゅてき》に大事なことを発言するという意味だそうです。神話の時代から、神を祭る際《さい》には、日常《にちじょう》で使用する言葉とは違《ちが》う、何かの言葉（呪文《じゅもん》）を唱《とな》えていたと考えられています。

現代《げんだい》でも、神に人間の願いを伝える、あるいは神を奉《まつ》る、無事を祈《いの》るときなど、神事に関連する場面では、最初に唱《とな》えられます（例：お宮参《まい》り、結婚《けっこん》式、地鎮祭《じちんさい》、工事の安全を祈《いの》るときなど）。いろいろな祝詞《のりと》がつくられていますが、基《もと》になっているのは、九二七年につくられた「延喜式《えんぎしき》」に収《おさ》められている二十七種類の祝詞《のりと》だと考えられています。

現在《げんざい》、日本の神道《しんとう》は神社本庁《ほんちょう》が管轄《かんかつ》している教えが主流となっています。
本来はさまざまな流派《りゅうは》や教えがありました。地方には陰陽道《おんみょうどう》と混《ま》ざりあった独特《どくとく》の神道も残っています（いざなぎ流：高知県）。また、明治時代までは、仏教《ぶっきょう》と神《しん》道《とう》は基本的《きほんてき》に同じであるという考えもありました（神仏混交《しんぶつこんこう》：仏《ほとけ》が人を正しく教え導《みちび》くために、神の姿《すがた》を借《か》りて現世《げんせ》にあらわれる）。
ミサキがお話の中で使っているのは古神道《しんとう》の祓言葉《はらい》です。祓《はらい》は祝詞《のりと》の一種で、特に災《わざわ》いを祓《はら》うことに特化したものです。（十種祓《とくさのはらえ》、一二三祓《ひふみはらい》など）
現在《げんざい》でも、各地の神社では、年に二回。六月（水無月祓《みなつきはらい》）、十二月（大祓《おおはらい》）に、一年の間に無意識に溜《た》まってしまった諸々《もろもろ》（いろいろな種類）の罪《つみ》、穢《けが》れを祓《はら》う儀《ぎ》式《しき》がおこなわれ、祓《はら》えのための祝詞《のりと》が、奏上《そうじょう》されています。

陰陽道《おんみょうどう》

中国から伝来した教え。平安時代に盛《さか》んになり、明治天皇《てんのう》の崩御《ほうぎょ》まで、宮中《きゅうちゅう》に陰《おん》陽寮《みょうりょう》が置かれていました。

奈良時代の遺跡《いせき》から、釘《くぎ》を打った木の人型や、素焼《すや》き（土を焼いただけの焼きもの）の碗《わん》を重ね、呪文《じゅもん》を書いた和紙で封《ふう》じたものなどが出土していることから、奈良時代には伝来していたと考えられています。（一説には奈良時代に流行していたのは陰陽道《おんみょうどう》の一派《ぱ》である呪禁道《じゅごんどう》であるという説もありますが、文献《ぶんけん》がないため検証《けんしょう》できません）

陰陽道《おんみょうどう》は、宗教《しゅうきょう》ではありません。陰陽《おんみょう》五行説（世の中のすべての事象《じしょう》は、陰《いん》と陽《よう》。および木火土金水の五つの要素《ようそ》の組み合わせで成り立っているとする説）と、天文観測《かんそく》、暦《こよみ》、時刻《じこく》を計《はか》るなどの初歩的な自然科学が合体した、安全な生活を送るための技術《ぎじゅつ》と考えられていました。専門性《せんもんせい》が高いため、学問として学んだ者が陰陽《おんみょう》師《じ》となり、陰陽寮《おんみょうりょう》で天文《てんもん》（星の動きを記録、観測《かんそく》して占《うらな》う）と暦《こよみ》の作成（カレンダー作成、現在《げんざい》のものとは違《ちが》って日によって吉凶《きっきょう》が記《しる》されている）をもとに、占《うらな》いや呪《じゅ》術《じゅつ》をおこなっていました。

平安時代末期、戦乱《せんらん》の時代となり、京の都が荒《あ》れていくと、陰陽師《おんみょうじ》も地方に移《うつ》り住むようになります。いまでも、陰陽道《おんみょうどう》の考え方を反映《はんえい》した行事がおこなわれているのは、そのような理由と考えられています。

◎さまざまなものの怪《け》を調伏《ちょうぶく》し、浄化《じょうか》する護符《ごふ》や法具《ほうぐ》

数珠《じゅず》
　珠《たま》の数は一〇八が基本《きほん》。仏教《ぶっきょう》の法具《ほうぐ》（日常《にちじょう》の品とは違《ちが》う特殊《とくしゅ》な道具）。真言《しんごん》や唱《とな》えた経《きょう》の数を数える。仏《ほとけ》、菩薩《ぼさつ》を礼拝《れいはい》する際《さい》に用《もち》いる。

金剛杵《こんごうしょ》
　仏《ほとけ》の教えが煩悩《ぼんのう》や悟《さと》りを邪魔《じゃま》するさまざまな障害《しょうがい》を打ち砕《くだ》くという意味から、インド神話上の武器《ぶき》を模《も》して法具《ほうぐ》としたもの。形状《けいじょう》はさまざま。

護符《ごふ》（お守り）
　災厄《さいやく》を予防《よぼう》する。神仏《しんぶつ》の加護《かご》（守り）を得る。福を招《まね》くなど、人の願いをかたどったもの。お話の中では、主に魔除《まよ》け、神仏《しんぶつ》の加護《かご》として使っています。

著●福井　蓮（ふくい　れん）
東京都出身。
小学生の時、学校の七不思議のうち、４つを体験したことがある。
それ以来、心霊現象、怪談、オカルトなど不可思議な現象を探求し続ける。
特技：タロット占い。2012年深川てのひら怪談　佳作受賞。

イラスト●ふすい
イラストレーター、装画家。現代的な情景を題材にし、幻想的かつ透明感のある光の表現が魅力。書籍装画や挿絵、CDジャケット、ゲーム背景等などを中心に幅広く活動している。『青くて痛くて脆い』(著：住野よる / KADOKAWA)『青いスタートライン』(著：高田由紀子 / ポプラ社)『スイーツレシピで謎解きを　推理が言えない少女と保健室の眠り姫』(著：友井羊 / 集英社)ほか。

□参考文献
日本妖怪巡礼団　集英社文庫　荒俣宏／著
怪奇の国ニッポン　集英社文庫　荒俣宏／著
現代怪奇解体新書　宝島社
みんなの登山白書　山と渓谷社
新版 遠野物語　角川ソフィア文庫　柳田国男／著

□写真
PIXTA ほか

□協力
大野尚休

ほんとうにあった！ミステリースポット
②海から来る・赤いドレスの女

2020年11月　初版第1刷発行

著　　者　　福井　蓮
発 行 者　　小安　宏幸
発 行 所　　株式会社　汐文社
東京都千代田区富士見1-6-1
富士見ビル1階　〒102-0071
電話03-6862-5200　FAX03-6862-5202
印　　刷　　新星社西川印刷株式会社
製　　本　　東京美術紙工協業組合

ISBN978-4-8113-2767-9　　NDC387